COBALT-SERIES

ファイアフライ

『赤の神紋』

桑原水菜

集英社

ファイアフライ
『赤の神紋』
目　次

登・場・人・物・紹・介

葛川《かずらがわ》　蛍《けい》

プロの役者を目指す18歳。通称ケイ。もともと歌が好きで、ストリートで歌っていたところを響生に見いだされた。奈良から上京して、バイトをしながら芝居の勉強中。いつか榛原憂月のもとで榛原作品を演じたいと願っている。

藤崎晃一《ふじさきこういち》

大学在学中の渡辺奎吾の誘いで劇団に参加した美青年。演劇界の革命児といわれた学生演出家・榛原憂月の舞台に立ち、「伝説のハミル」と呼ばれる。

連城響生《れんじょうひびき》

小説家・劇作家。大学在学中に文壇デビューを果たすが、直後に劇作家・榛原憂月の戯曲の洗礼を受け、挫折。榛原へのこだわりを引きずりながらも、戯曲執筆を経て文壇に復帰、ベストセラー作家に。奈良の街で偶然出会った葛川蛍に演劇の道へ進むきっかけを与えた。

中宮寺《ちゅうぐうじ》 桜《さくら》

小説雑誌の編集者。響生の担当で飲み友達。
芸能誌の経験があり芸能界にも顔が広い。

奥田《おくだ》一聖《かずきよ》

役者兼演出家兼劇作家。若手劇団『飛行帝国』の主宰者。大学時代に知り合って以来の響生の親友。

渡辺《わたなべ》奎吾《けいご》

榛原憂月とは同じ大学で出会い、その後プロデューサーとして終生のパートナーとなる

榛原《はいばら》憂月《ゆうげつ》

20歳で演劇界デビュー、一時代を創り上げた天才劇作家にして演出家。その強烈な影響力が、響生の小説家としての挫折をもたらした。戯曲『赤の神紋』は榛原の第五作。

イラスト／藤井咲耶

ファイアフライ
——熱情を受け継いだ翼。

SCENE.I　Hamill with dark hair

第一声は、五年間の封印を破るに充分足るものだった。

鮮烈《せんれつ》な声だった。清流の水を浴《あ》びたような衝撃《しょうげき》だった。舞台にあがってからの第一声、役者の力はその第一声に凝縮《ぎょうしゅく》して現れるというが、それは本当だ。観客を惹《ひ》きつける役者とそうでない役者の差は、実はこの時点で見極めがついてしまうものなのだ。

この役者は振り上げた初太刀《しょだち》で、いきなり観客の心臓あたりに斬《き》り込んできたのである。

特別凝《こ》った台詞《せりふ》ではない。〝カーリントンさんのお宅はこちらで間違いありませんか〟。日常生活のよくある文句《もんく》。だがどれほどありふれた台詞であろうと、役者の発した第一声の印象の強さは、後の演技を裏切らない。

渡辺奎吾《わたなべけいご》は経験上、知っている。

客席にいながら渡辺は身を乗り出した。役者が舞台に登場したときの姿・形の印象的効果のことを「押し出し」と言うのだが、その役者は特段「押し出しのいい」演出でもないにかかわらず、声だけで強い印象を劇場中に植え付けることに成功したのだ。

舞台に現れた、その清冽《せいれつ》な声の持ち主は、雨合羽《あまがっぱ》を脱ぎながら、濡《ぬ》れた顔をハンカチで拭《ぬぐ》う動作を終えると、共演の女優に握手を求めながら、続く台詞を重ねていく。

「〝お会いできて光栄です！　ミセス・カーリントン。ハミル・グラッドストンです〟」

「〝ようこそ、ミスタ・グラッドストン〟」

「〝この雨で車が拾えなくて。バス停から森ひとつ歩いてきてしまいました。雷《かみなり》が落ちやしないかとひやひやしましたよ〟」

「〝まあ。それは心細かったでしょう。駅からお電話いただければ、迎えの車をやりましたのに〟」

「〝滅相《めっそう》もない。家庭教師をさせていただけるどころか、これから住まわせてもいただけるというのに、これ以上のご面倒はかけられません〟」

これが噂《うわさ》の「黒髪のハミル」か……。

渡辺は瞠目《どうもく》した。なるほど、皆が一目して驚いたのもこの髪の色だったに違いない。ハミルは栗色の髪という固定観念があっただけに、視覚的に違和感を抱くのではないかと思ったが、
悪くない……。

黒髪のもたらす強い印象は、同時に思いのほかミステリアスな雰囲気も醸《かも》していて、何やらゾクリとさせられるものがある。

黒髪のハミル、悪くない。

ハミルが現れた途端、舞台が急に華《はな》やかになったと思うのは気のせいではない。容姿もなかなかのものだ。背は高すぎず低すぎず、腰の位置の高さはいかにも現代っ子だが、もやしのような「ひ弱さ」はない。

なにより存在感がある。彼がいるだけで舞台が潤《うるお》う。こればかりは天性のものだ。「華のある」役者だ。

小さな劇場であるせいか、舞台メイクはごく薄い。自然に凜々《りり》しく吊《つ》り上がった眉《まゆ》と、いくらかふっくらした唇《くちびる》のニュアンスが、きつさと優しさの危《あや》うい均衡《きんこう》を保《たも》っていて、デリケートな内面を想像させる。筆で一筋スッと描いたような鼻梁《びりょう》の持ち主で、フロントピンライトはその輪郭《りんかく》をきれいに捉《とら》えていた。頰《ほお》にかかるあたりで軽くシャギーを入れたサイドの髪から申し訳程度に耳が覗《のぞ》き、後ろ髪が日焼けの残るうなじにサラリとかかる。

しかし役者が正面を向いた途端、今度はその眼の力強さに見入ってしまった。

これがハミルか……！

鋭《するど》いナイフのような眼だと思った。黒水晶のような黒目と白目部分の濁《にご》りのなさが強いコントラストをなすために、より強烈な印象を与える。生命力溢《あふ》れる瞳はライトを捉《とら》えてより輝き、演技者特有の潤《うる》みを帯びて、どう言い表していいかわからないほど瑞々《みずみず》しい。同じ日本人ではあるが、黒い瞳とはこんなにも神秘的なものかとも渡辺は思った。

きれいだ……。

驚きの連続で、渡辺奎吾の頭の中はしばし飽和《ほうわ》してしまった。

皆が彼に「黒髪のハミル」とあだ名するわけがやっとわかった。あだ名は単に黒い髪だけを指しているのではない。今までのハミルにはなかった、この「ナイフのような鋭利さ」をも含めたあだ名だと、渡辺には分かったのだ。

葛　川蛍《かずらがわけい》。

それが役者の名だった。

観客の目線は、すべて葛川蛍に注《そそ》がれている。キャパ二百五十の劇場中が固唾《かたず》を呑《の》んでいるのが渡辺にはわかった。客席はすべて埋《う》まり、壁沿いには立ち見客が肩すぼめながら並んでいる。この大入りはそれだけ劇団「鳩の翼」の『メデュウサ』が……いや葛川蛍の「ハミル」が注目を浴びている証拠だった。

上演中の劇は、榛原憂月《はいばらゆうげつ》作『メデュウサ』。

初演は十二年前。当時の演劇界に空前の嵐をもたらした問題作だ。この『メデュウサ』を引っさげて演劇界に鮮烈《せんれつ》なデビューを飾ったのは榛原二十歳の時だった。

渡辺が『メデュウサ』を舞台で観るのは、実に八年ぶりである。

『メデュウサ』は禁断に彩《いろど》られた骨肉の復讐《ふくしゅう》劇だ。主人公ハミルは、母子相姦《そうかん》によって生まれてきた禁忌《きんき》の子である。父はエドワード・カーリントン。英国の上院議員を務《つと》める三十九歳。ハミルの母は、エドワードの母マリア。つまりハミルとエドワードは、親子でありながら兄弟でもあるのだ。

マリアの夫は、著名芸術家であるアンドルー・カーリントン。アンドルーの三年にわたるイタリア滞在の間に、エドワードと結ばれハミルを出産したマリアは、禁忌《きんき》の赤子の存在をひた隠しに隠し、ロンドン郊外の別荘の地下室で乳母《うば》ジェシカをつけて育てることになる。そうして成長したハミルだが、十五歳のある夜、エドワード親子のスキャンダルをもみ消すために、とうとう殺害を企《くわだ》てられてしまう。乳母ジェシカの自己犠牲《ぎせい》によってからくも生き延びたハミルは、その事件から十年後、カーリントン家への復讐を胸に、エドワードの娘エリザベスの家庭教師として一家に潜《もぐ》り込む……。

ハミルは芸術家一族であるカーリントン家の人々を、天才とも呼べるほど優れた芸術的才能を駆使《くし》して、次々と転落させていくのだ。これは単なる復讐劇ではない。「母子相姦したうえに、かの地下室で息子・ハミルをも性的玩具《がんぐ》にしていた」エドワードを筆頭に、登場人物は皆、どこかしら心に歪《ゆが》みを持つ者ばかりである。その複雑かつ屈折しまくった人間関係と、ハミルの痛快な復讐劇が相《あい》まって、実にスリリングな物語だ。

演劇界の革命児と呼ばれ、天才の名を恣《ほしいまま》にした、劇作家にして演出家・榛原憂月の、伝説第一歩を刻《きざ》む作品である。

しかし五年前の「封印」によって『メデュウサ』は、作者の上演許可の決しておりない伝説の戯曲《ぎきょく》となっていた。それがこの夏、シアターアークス主催の演劇祭——通称・駒場《こまば》コロセウムの開催にあわせて、とうとう解禁になったのである。

葛川蛍は、そのとき出場した劇団「鳩の翼」で主役のハミルを演じ、最優秀演技賞を獲得した役者だった。

ゆえに、ハミルを演じるのは今日で二度目だ。

駒場コロセウムから四カ月。この二度目の上演が決まったのも、実はほんの二、三週間前のことだった。受賞以来、葛川のハミルは演劇ファンの間で一躍話題となり「彼のハミルが観たい！」という声に押される形で実現した。葛川は四カ月ぶりに再びハミルを演じることになったのだ。

「〝このようなところでお会いできるなんて感激です。ミセス・アッカーマン！　去年のカーネギーの公演も観に行きました！　ええ、それはすばらしかった！〟」

ハミルの登場シーンを溌剌《はつらつ》と演じる葛川蛍は、まだ演劇歴ほんの二年弱だという。年齢は弱冠《じゃっかん》十八歳。高校を中退して演劇の道に入り、プロの役者を目指している若者だという。

彼が所属する劇団「鳩の翼」の主宰者は梅沢和国《うめざわかずくに》。主に小劇場での公演活動を行う、二十代が中心の若手劇団だ。

駒場コロセウムは、ここシアターアークスの主催で毎年七月に行われる。ひとつの演目を、事前のリサーチで選ばれた四つの劇団が日替わりで上演して、コンテスト形式で出来を競い合うというもので、コアな演劇人らの間では毎年話題になる演劇祭であった。

葛川蛍は今年の演劇祭で、ハミルを演じた四人の役者のひとりだった。

そのハミル役を認められ、十一月に初の商業演劇の舞台に立った葛川だが、公演六日目にして降板させられるという無念の事態にみまわれていた。聞く話によると、主演の女優を舞台上で混乱に陥《おちい》らせた原因が彼にあるとされ、一方的に降《お》ろされたらしい。降板事件からはまだひと月も経《た》っておらず、さぞや沈《しず》みこんでいると思いきや、舞台の葛川からは、落胆を引きずっている気配《けはい》は全然感じられない。むしろ舞台に立てる喜びでいっぱいなのだろう。全開のオーラを発散している。

舞台は、カーリントン家の人々と対面を果たしたハミルが部屋をあてがわれたシーンへと進んでいた。

大胆にも本名「ハミル」をそのまま名乗って潜入した彼だが、その正体が何者か、カーリントン家の人々は誰もまだ気づかない。彼の顔を知るのは、父であるエドワードだけなのだ。だがそのエドワードは政治活動のため、入れ違いに出ていったばかりだ。ハミル殺害を命じた「伯母《おば》であり姉である」クローディアも、ハミルの顔をその目で見たことはない。「ハミルは死んだ」と思いこんでいるクローディアは一瞬動揺し、彼を疑うが、ハミルは「アメリカのボストン生まれでオックスフォードに留学した大学生」と経歴を詐称《さしょう》していた。しかも「グラッドストン」の名のパスポートまで見せられ、クローディアはまんまと騙《だま》されるのだ。そもそも戸籍のないハミルがパスポートなど持てるはずもないし、彼の特徴である「左目の下のほくろ」

がないことが、クローディアを安堵《あんど》させた。

「〝そういえば、あなたの喋《しゃべ》り方には微妙にアメリカ訛《なま》りがあるわね。……考え過ぎよ、この子があのハミルだなんて。あのハミルは死んだのよ。同じ名前だってくらいで、何をビクつくことがあるの。単なる偶然。あら！　ごめんなさい。こちらの話〟」

「〝エドワード氏はいつお戻りになるんですか〟」

「〝さあ。弟は忙《いそが》しくて滅多《めった》に別荘には顔を見せませんのよ。いずれ紹介します〟」

「〝そうですか……。わざわざ部屋まで案内してくれてありがとうございました。おやすみなさい。ミセス・アッカーマン〟」

クローディアの詮索《せんさく》をかわしたハミルは、自《みずか》らの部屋に入る。

ブルー舞台に立つハミルの姿をスポットライトが浮かび上がらせる。それまでの、潑剌とした純朴《じゅんぼく》な青年は、舞台にひとり残されると、不気味なほど表情が変わった。

眼の温度が下がった。

感情のないロボットのように鍵を閉めると、ハミルは壁にかかった絵へと、別人のように冷酷な視線をくれる。

「〝ネール・カーリントン〟」

ぞく、とするほど低い声だった。

「〝職業・画家。二十七歳。ウィンザード美術学院卒業後、現代画の新鋭として活躍中。英国議会議員エドワード・カーリントンの妾腹《しょうふく》の弟〟」

頭にインプットしてあるデータを淡々《たんたん》と読み上げたハミルは、不意にその眼に暗い感情の気配を宿《やど》した。

「〝エドワード……カーリントン〟」

全身から不穏《ふおん》な情念が滲《にじ》み出すハミルに、渡辺は目線を吸い寄せられた。押し殺しておけないほどの復讐心を、葛川はその瞳の熱の変化で現した。

純朴な青年のものでも、冷たいロボットのものでもない。

煮えたぎる悪意を隠し持つ者の、危険をはらんだ眼差《まなざ》しだ。

天才児ハミルにとって、喋りにアメリカ訛りを混じらせることなどなんでもない。パスポートの偽造も「ちょろいもの」だ。左目の下のほくろは整形術で簡単に消せた。潜伏していた十年間で、着々と復讐の準備を整えてきたハミルだ。世の中を知ったハミルは猛烈《もうれつ》な勢いで「地下室が全《すべ》て」だった十五年間を埋め、いま満を持して、ロンドンに戻ってきたのである。

その復讐鬼が、客席に正体を垣間《かいま》見せる場面。

葛川蛍は、ゾッとするほど冷酷に微笑した。

そしてハミルは憎悪《ぞうお》の炎を瞼《まぶた》の裏側に押し込むように目を閉じる。次に開いたときには再び、ロボットじみた冷たい無表情に戻っている。おもむろにトランクの中から画材一式を取り出して、壁に掛かった「父の異母弟」ネールの絵を、ハミルは淡々と模写し始める。

復讐の第一歩として……。

舞台は溶暗《ようあん》。

ゾクゾクした。

こんな感覚は久しぶりだった。座席に座っているのがもどかしくなるようなこの感覚。

確かに演技は粗削《あらけず》りだ。雑なところもある。だが要所要所で恐ろしいほど確実に観る側の心を鷲摑《わしづか》みする。

なんだろう。なんだろう、この役者、一挙一動から目が離せない。次にどんな顔をするのか、どこに目線をやるのか、たまらなく知りたくて彼ばかりを目が追ってしまう。舞台演劇において、一番大事なのは声、だとはよく言われることだが、そうだ、この声だ。張りがあるのに押しつけがましいわけではなく、体の奥にまでじんわり染みいる熱水のようなこの声だ。

演劇祭では喉《のど》のコンディションがよくなかったそうだが、今日は万全のようだ。長台詞を言わせたら、きっと心地よく酩酊《めいてい》させられるだろう。そういう声だ。

榛原憂月の右腕とも呼ばれる自分が、榛原以外の舞台でこんなに興奮するのは久しぶりだ。

これは演出の力ではない。ひとえに、葛川蛍の力だ。なぜなら、他の役者と葛川とでは、表現のセンスがまるで別物だからだ。演出家も葛川を御《ぎょ》せないのではないだろうか。そんな気配がひしひしと伝わる。だが劇全体のバランスよりも、申し訳ないが、葛川蛍だ。目が離せない。

こんなことなら、もっと早く観に来ればよかった——。

いま思えば、どうして駒場コロセウムを観に行かなかったのか。アークス代表の榊原慎一《さかきばらしんいち》に強く勧《すす》められながらも、結局足を運べなかったのは多分……、俺にもまだ、オリジナルキャストのハミルへのこだわりがあったからだろう、と渡辺は思う。

榛原はしかし、来宮《くるみや》ワタルという、ハミルの後継者をあの時すでに見つけていた。ワタルをその手に得たことで『メデュウサ』の再演を心に決めていたから、今度の上演も許可したのだろう。NY《ニューヨーク》公演が決定した榛原の気持ちは、ワタルに全て注ぎ込まれていたから、どれだけ榊原が葛川蛍を推薦《すいせん》しても、耳に入れる気にはならなかったに違いない。

自分は、少し違っていた。今思えば、オリジナルキャストのハミルを、頭の中で極端に聖域化していたのだと思う。

この世で最初にハミルを演じた男の名は、

藤崎晃一《ふじさきこういち》、と言った。

ハミルはあの男にしかできない、という思いこみが——或《あ》いは想いが、他の者の演じるハミルを頭から拒否していたに違いない。

だが葛川のハミルを見た瞬間、壁はガラガラ音を立てて崩れ出した。葛川蛍のハミルはひたすら新鮮で、驚きの連続だった。こんなハミルもあるのか。「藤崎のハミル」ではないが、目の前に生きているのも紛《まぎ》れもなく「ハミル」だと認めざるを得なかった。

妖艶《ようえん》でミステリアスな藤崎のハミルを、葛川は次々と裏切っていく。鋭利で嗜虐的《しぎゃくてき》でさえあるハミルは、時にサディスティックに、時にマゾヒスティックに登場人物たちを翻弄《ほんろう》していく。

「〝ああ、この空気だ〟」

舞台は地下室の場面だった。最初の犠牲者が出て、混乱するカーリントン家。犠牲者は、ハミル殺害の実行犯だった馬屋番のハンス（自分の正体に気づいたハンスを黙らせるため――乳母ジェシカの仇《かたき》をとるため、ハミルは事故に見せかけてハンスを絞殺《こうさつ》したのだ！）。夫人を落ち着かせるためワインセラーにワインをとりにきたハミルは、足を踏み入れることを禁じられた開かずの扉に手を触れる。

そこが自分の生まれ育った地下室だと知ったハミルは過去の記憶を紐解《ひもと》いていく……。

十年前の火事の跡が残る地下室に降りてきた葛川蛍《ハミル》は、あたりをゆっくり見回して、壁に触れ、跪《ひざまず》き、懐かしげに掌《てのひら》で床の感触を確かめる。

「〝ああ、ここだ。確かにここだった。俺が生まれ育った四角い世界は。窓から僅《わず》かに見える地上、樋《とい》から落ちる水の音、肌を包む湿った空気。ああ、ここは紛れもなく母の胎内《たいない》。俺はそう、母親から生まれ落ちても、まだこの世界には生まれていなかった。この地下室が母の子宮であり続けたのだ。……ああ〟」

陶酔《とうすい》の声をあげて、両手を大きく広げ、床に体をこすりつけるようにして、ハミルはうっとりと幼少時の感覚を辿《たど》る。

「〝俺はうずくまっていた。長いことうずくまっていた。胎児のように十五年間、この湿った暗い胎内で膝《ひざ》を抱えていたのだ。そうだ……。そうだよジェシカ、あの階段を降りてくる足音はふたつしかなかった。俺は容易に聞き分けられた。ひとつはジェシカ、ジェシカ——俺と世界とを結ぶたったひとつの臍帯《せいたい》。あなたが注いでくれる知識という名の血液が、俺の中の世界を築いてくれた。あなたが俺にくれた宝物——絵を描くことも歌うことも、あなたが俺に教えてくれたんだ、ジェシカ……そして〟」

ハミルは喉を鳴らして唾《つば》を呑みこむ。禁断の記憶を紐解いていく様を、膝から腿《もも》へ、腰から胸へと手を這《は》わす動作で表していく。おのがその手を胸の辺りで交差させて、毒が体にまわって行くのを、確かめるかのように。

「〝地下の子宮に降りてこられるのは、ジェシカ以外には『神様』しかいなかった。月に一度、新月の夜に『神様』はやってくる。重い革靴の足音を響かせて『神様』は新月の夜にだけ、あの階段を下りてきた〟」

膝立ちになって自らの軀《からだ》を抱きしめた葛川は、苦しい裏切りの記憶を噛《か》みしめる。

「〝……革靴を履《は》いた……俺だけの『神様』……〟」

陶酔していた眼に、不意に正気が戻る。腕をブランと垂らし、

「〝……ジェシカの血が流されて臍帯は断たれた。あなたという名の臍《へそ》の緒が切られて、俺は世界に生まれ落ちた。屋敷に押し入った黒い男たちがジェシカの命を奪った、あの炎の夜、俺

は絶叫しながら、この光と汚濁《おだく》で満ちた世界に生み落とされた〟」

ハミルの声に熱がこもる。

苦しげに眉を歪《ゆが》ませて、顔の前に爪《つめ》を立てるように手を寄せて。

「〝十五の赤子の俺の眼に、最初に映ったのは燃える屋敷の紅蓮《ぐれん》だった。赤ん坊は泣きながら子宮から追放される。それは悲嘆の号泣《ごうきゅう》だった。血塗《ちまみ》れになって声張り上げて呪《のろ》うのだ！　赤子は復讐を誓う！　ジェシカ、あなたの仇をとるためだけに生きるのだと！〟」

劇場中が息を呑んでいる。渡辺もまた、無意識に息を詰めていた。

なんという眼をするのだ、ハミル。

鉤爪《かぎづめ》で喉をかきむしる。獰猛《どうもう》な犬のような顔になり、歯を剥《む》き出して耐《た》えている。

「〝見ていてごらん、ジェシカ……。俺は『神様』から全てを取り上げるよ。幸福という名のもの全て、剝奪《はくだつ》してみせる……〟」

渡辺は息を呑んだ。

鳥肌が立った。

血を吐《は》くように絞《しぼ》り出す葛川の台詞には、演技を越えたものがある……。

舞台が進行するにつれ、渡辺はだんだん恐ろしくなってきた。この役者が「非凡」と言われる所以《ゆえん》を、渡辺は悟り始めていたのだ。

何かに取り憑《つ》かれたような尋常ならざる入り込み方は、役への没入感情なんて生易《なまやさ》しいものではない。

客席が見えているのか？　これが劇だと自覚しているか？　あの目は多分、これをもう芝居だとは思っていない。与えられた台詞《せりふ》だという意識もすでにないだろう。役者が自分の演技に陶酔することを「気をやる」というが、彼はまさに「気をやる」ことで観客達をのめり込ませていく。

なんて扇情的《せんじようてき》な表情だ。体中から発散するこの色気は何事だ。加虐と被虐をあわせもつ、倒《とう》錯《さく》的なこの匂《にお》いは。葛川には自分の演技を客観視する目がない。ここまで深く役に入り込む役者は見たことがない。こんなにのめりこんでいいのか。自我《じが》が保てなくなるのではないのか。コントロールできるのか。危険すぎる。

何が彼をここまでさせるのか。

場面を重ねるにつれて、捨て身としか思えない葛川蛍の演技に、渡辺はだんだん不安になり始めた。静かな時も激しい時もどの瞬間も、葛川蛍は強烈なエネルギーを生み続ける。

何をぶつけているのだ、この舞台に。注ぎ込まれるそのエネルギーの正体は何なのだ。そんなに何もかも注ぎ込んで、ひとつ残らず注ぎ込んで、幕が降りる前に倒れてしまうのではないか。夜の部《ソワレ》もあるのに、そんなにつぎ込んでしまっていいのか。

――燃え尽きるように演じる……。

そんな言葉が不意に甦《よみがえ》ってきて、渡辺は再び大きな衝撃を受けた。

こんなにも違うのに。
役者としての性質も資質も、全く別物なのに、なぜこんなに思い出してしまうのだ。
藤崎晃一を。

——幸福になってしまった人の表現には、
——もう、人を動かす力はないんだよ。

舞台の葛川に藤崎の姿がだぶるのを、渡辺は息を止めながら感じていた。
最期の舞台のように演じ続ける……。
悲しみも憎しみも怒りも孤独も、全感情を一滴残らず、ここに注《つ》ぎ込むように。
叫んでいるようだ、おまえたちふたりの演技は。静かな時も激しい時も……。
何を叫んでいるんだろう。
そんなにも赤裸々《せきらら》に魂《たましい》を晒《さら》して、
何を叫んでいたのだろう。
藤崎……。

五年前の『メデュウサ』の封印は、「ハミル」の封印でもあった。
彼が二度と舞台に、文字通り、立てなくなったあの日——。
榛原は誰もいなくなった稽古《けいこ》場で、ひとり最後まで、藤崎を待ち続けていた……。

SCENE.2　Sunflowers

あの年の博多《はかた》は、記録的な酷暑《こくしょ》だった。

街の中心である天神《てんじん》から地下鉄で数駅ほどの場所にある私大が渡辺《わたなべ》の母校だった。

当時、大学の隣《となり》が広大な空き地で、日差しを遮《さえぎ》るものが何もなかったため、やたらアスファルトの照り返しがきつく、その暑さと言ったら駅から歩いてくるだけでバテてしまうほどだった。ビルの建設予定地には誰が蒔《ま》いたのか、夥《おびただ》しいひまわりが異様なほど咲き乱れていたのを、今でもよく覚えている。そのせいか、当時を振り返ると、必ずひまわりの強烈な黄のイメージが瞼《まぶた》を染め上げる。

十三年前の夏――。大学二年生だった渡辺は夏休みに入っても大学に通わない日はなかった。所属する演劇サークルで、ある問題を抱《かか》えていた。秋の大学祭公演に向けて稽古《けいこ》が始まろうとしていたのだが、そのキャスティングでもめていたのである。或《あ》る役に相応《ふさわ》しい役者がどうしても見つからなかったのだ。

人数は充分足りていた。しかし厄介《やっかい》なのはこの劇中「とにかく客席を納得させられるほどの

「絶世の美青年」なる役が登場することだった。サークル内の男の役者たちも、そこそこいい面構《がま》えはしていたが「美青年」と呼べるかというと、甚《はなは》だ怪《あや》しい。万人が見て「なるほど、美青年」と頷《うなず》くほどでなければ、劇自体が成り立たないというから面倒だ。

美青年役は登場こそ多いが、台詞《せりふ》はほんの一言二言だ。これならば素人《しろうと》でも充分、と判断した先輩役者たちは、とうとう「絶世の美青年」役のスカウトを、渡辺に押しつけてきたのである。

これには困った。そこそこ「美青年」ならば学内でも容易に見つかるが、「絶世の」クラスになると、これがなかなか見あたらない。困り果てていた渡辺に、耳より情報をくれたのは、同じゼミの女子学生だった。

「それなら、ぴったりの子がいるよ」

前期の半《なか》ばから、女子学生の間で話題になっている若者が一人、学食にいるという。学食は夏休みでも営業中だ。講義がなくても、ゼミの研究やサークル活動で登校する学生はいる。それにしても何で学食？　と思ったが、すぐに理由は明らかになった。

「ほら、あのコだよッ、あそこでお皿洗ってる子」

渡辺にも一目でわかった。噂《うわさ》の「美青年」は学食で働いている若者だったのである。あまりに美しいので一瞬、女かと思ったほどだ。色白で美貌《びぼう》。栗色がかかった髪。芸術的な鼻筋のラインに、睫毛《まつげ》の長い優しげな瞳、触《ふ》れたら壊れそうな華奢《きゃしゃ》な軀《からだ》で、ちょっと前までは「美少年」と評判だったに違いない。いかにもイカツイ鷲《わし》ッ鼻で顎《あご》が割れた自分とは大違いだ。

「どうどう？　渡辺君。あのコなんかよくなくない？」

勿論《もちろん》、言うことナシだった。しかし問題は、彼が学生ではないことだ。自分らのような気楽な学生ならともかく、働いている人間に対して学祭の劇に出て欲しい、なんて、ちょっと無神経なのではないだろうか。

年齢は多分、自分と同じか、ちょっと下。働いている側から見る「学生」のイメージは大方《おおかた》想像がつく。「お気楽な」「すねかじりの」「甘えた」そんな軽蔑《けいべつ》を含んだ辛辣《しんらつ》な視線が容易に予想できたので、渡辺はますます声をかけづらくなったが、何日か通ううちに、あれほどの容姿を持っている彼が、少し丈の短いよれよれの白衣を着て、配膳《はいぜん》場の片隅などに何時間も立っているのが、だんだんたまらなくなってきたのである。

彼を舞台に立たせてみたい。あの、芸術的なほど美しい顔立ちにピンライトをあててみたい！　衝動は日増しに膨《ふく》らんだ。

渡辺は或る日、とうとう決意した。名前も知らない彼だが、とにかく今日声をかけてみよう。当たって砕《くだ》けろだ。

カレーうどんの食券を買ったのは、麺《めん》類のカウンターに彼が立っていたからだ。渡辺はトレイを持って並んでいた。自分の番が回ってきたとき、渡辺は彼の前に立って、思いきって声を張り上げたのだ。

「ぶ、舞台に出てみないか！」

彼は、……きれいな鳶《とび》色の瞳を丸くして、ぽかんと渡辺を見た。「葱《ねぎ》を多めに」とか注文する学生はあったが、こんな注文はもちろん、初めてだったのである。

渡辺は内心、ビクビクものだった。心臓の音が学食中に聞こえるんじゃないかと思ったほどだ。怪訝《けげん》な表情を返してくる「美青年」には、頭がおかしいんじゃないか、と思われたようだったが、こちらも引き下がるわけにはいかない。呆《あき》れられる前に畳《たた》みかけて、

「頼む！　あんたにしかできない役があるんだ！　必要なら、上演してる時間だけ、俺が代わりにここで働いてもいい！　だから頼む！　俺たちの舞台に立ってくれ、この通り！」

と渡辺がトレイを置いて、いきなり土下座をしたものだから、学食にいた学生たちも驚いて一斉《いっせい》に注目されてしまった。まさか自分でも土下座までやらかすとは思っていなかったから、

（ヤバイ。引かれる）と内心、やりすぎた自分にほぞを噛《か》んだのだが……。

「ちょっと、そういうのやめてください。困ります」

と頭上から投げかけられた声に、渡辺は思わず顔を上げてしまった。

容貌《ようぼう》を裏切らない、きれいな、よく通る声だった。やや低めのテノールだ。柔らかいのに、心臓をツクンと痛ませる、切ない声だと渡辺は思った。こうなると、もうたまらない。彼の困《こん》惑《わく》など無視して、何が何でも欲しくなった。その時の渡辺の眼は、ほとんど泣いて縋《すが》る眼だったに違いない。

「仕事終わるまで待ってるから、話だけでも聞いてくれないか！」

言葉通り、それから六時間待ち続けた渡辺の執念に、「美青年」はとうとう折れたらしい。話だけでも聞いて貰《もら》えることになった。

若者の名は、藤崎晃一《ふじさきこういち》と言った。

見れば見るほど、きれいな顔立ちをしていて、渡辺は改《あらた》めて間近に見て、思わず見とれてしまったほどだ。どこか翳《かげ》りのある目元が謎《なぞ》めいていて、渡辺は昔、両親と出かけた摩周湖《ましゅうこ》の湖面を思い出した。

「夜間部？　じゃあこの大学の学生だったのか」

一年生です、と藤崎は律儀《りちぎ》に学生証を出して見せたので、渡辺はマジマジと覗《のぞ》き込んでしまった。「二部　経済学部」とある。生年月日は一浪した渡辺より二年若かった。

「就職が決まっても、どうしても大学を諦《あきら》めきれなくて。夜間なら、なんとか昼間の給料で授業料捻《ひね》り出せると思ったんです。そしたら就職先の不動産屋がふた月で潰《つぶ》れちゃって」

困っていた矢先、学食スタッフの求人チラシを見つけ、六月から働いているという。夜間部の授業開始ぎりぎりまで働けるのがメリットなのだと藤崎は語った。

「でも給料あんまりよくなくて。今は夏休みだから夜のバイトで補えるけど、授業始まったら苦しいかもな。とにかく授業料だけでも払わないと」

「授業料、自分で払ってるのか」

「ええ。うち、親が大学まで面倒見れるほど経済的余裕ないから」

苦学生なのである。「おまえのカオなら、その気になりゃアイドルでもいけるのに」と言ったら藤崎は意外に明るい声で笑った。

舞台出演の件は、渡辺の「懇願《こんがん》通り越して哀願《あいがん》」に弱った顔を見せながら、答えを保留した藤崎だ。何しろ学祭期間中も学食は営業していて休めない。そもそも学祭なんてものは昼間の学生が大騒ぎするもので、二部の学生にはほとんど関係ないものだ。

「とにかく上の人間に聞いてみないと、休めるかどうかもわからないから」

「なら、俺も説得に行く！　ぜひ行かせてくれ！」

そんなこんなで上司の説得に同行した渡辺だ。渡辺の情熱はどうにか通じたらしい。それこそ必死の思いで、高速米搗《つ》きバッタのごとく頭を下げ続けた渡辺に、根負けしたのか、たっぷり呆《あき》れ顔はされたが、「確かに同じ大学の学生なんだし」との理由で、学祭期間中の休みが手に入った。

後は藤崎自身だった。藤崎は渡辺の熱血ぶりに気圧《けお》されて、もう抵抗する気はなくしており、出演を渋々受け入れた。但《ただ》し稽古に参加できるのは夜間部の授業が終わってから。十時近くなると言う。渡辺は「ならその時間まで待ってる」と答えた。一時間でも三十分でも参加してもらえるなら本望だったのだ。

「変な人だな……」

と藤崎は弱り顔だった。

「おれ、芝居《しばい》の経験なんてありませんよ」

芝居などろくに観たこともない、舞台は小学校の学芸会以来だし、台詞《せりふ》なんかは覚えられない。だが渡辺にはそれで充分だった。

「いいんだ。そこにいてくれるだけでいいんだ。あんたと一緒に舞台に立ってみたいんだ」

と言ったら、藤崎はますます驚いた顔をした。すると今度は少し照《て》れたような顔になり、

「本当に変なひとだなぁ……」

と俯《うつむ》き加減に微笑した。はにかんだその表情が、渡辺には咲き乱れるひまわりの黄色のイメージとともに、長く脳裏《のうり》に焼き付いたのである。

だがそれから藤崎が劇団の稽古場を訪れるまでには、ゆうにひと月を要した。渡辺の再三の誘いにやっと応じた（というより無理矢理連れてきた）藤崎の、初稽古だった。

劇団員たちは理想的な「美青年」の登場に沸《わ》いたが、藤崎はまだ乗り気ではないようだ。

芝居は、ひとりの「美青年」を巡る女たちの争奪戦、というドタバタコメディだ。「美青年」の台詞はたった二言を繰り返すだけ。「ありがとう」「ごめんなさい」。当時流行《はや》っていた若い男女の合コン番組（と渡辺は思っていた）をベースにしたらしい。

稽古は意気揚々《ようよう》始まったが、「美青年・水島《みずしま》」役の藤崎は、役者達の中にあっていつまでも所在なさげに突っ立っているばかりだ。台詞は見事な棒読みで、さすがの渡辺もちょっと「ど

うしたものか」と悩んでしまった。

――顔はいいけど、スゴイ大根だね。

と劇団員から耳打ちされるに至《いた》っては、スカウトした渡辺も肩を落とすばかりだ。いくら素人でももう少しうまくやれないものだろうか。

そもそも藤崎は「演技」をしてくれない。素人《しろうと》演技でもいいから、意欲を見せてくれればいいのに、それもない。舞台とは怖いもので「素《す》」が一人でもいれば、即観客に伝わってしまう。多分、役者が全員で作り上げるものは、空気やリズムやテンション、ハーモニー……そう、アカペラに似ている。芝居は指揮者のない一個の交響曲なのだ。その共有するリズムの中で、役者はそれぞれの役割を演じる。リズムを共有できない役者は、際《きわ》だって浮いてしまうのである。そこだけ妙に白い空間ができて、客を興ざめさせてしまう。

――どうにかできないかな。

だが藤崎はマイペースだ。「駄目なら早く替えてくれ」とばかりそっぽを向いて、向上心の欠片《かけら》も見せない。渡辺にはスカウトした責任もある。こうなったら自分が演技指導を！　と思い立っても、働きながら大学に通う藤崎は、授業料を稼《かせ》ぐのに一生懸命でそもそも時間の余裕がない。渡辺達お気楽な昼間の学生と違い、サークル活動なんてしている余裕など、ないのだ。

仕事と勉強に追われて疲れ切った藤崎を、稽古場に連れてくるだけでも申し訳ないところなのに、これ以上負担をかけるのは人としてどうだ。渡辺は、本音と人情の板挟《いたばさ》みだ。頭を抱えて途方に暮れてしまった——そんなある日のこと。

渡辺奎吾《けいご》に運命の日がやってくるのである。

*

長かった残暑もようやく力尽きたのか、風に涼《すず》やかな秋気が滲《にじ》み始めた九月下旬。

その日は渡辺にとって忘れられない日となった。

後期の授業が始まり、学内には学生たちの姿とともに活気が戻ってきていた。夏休みの課題レポートに追われて稽古を一週間ばかり休んでいた渡辺は、或る事件に遭遇《そうぐう》する。

夕方、四限の授業が終わろうとする頃だった。文学部棟の前に、何やら奇妙な人だかりがある。人だかりは皆、上を見上げたり指さしたりして、騒然《そうぜん》としている。

「おい、なんだよ、UFOでもおっとー？」

人だかりの中にいたゼミの友人に声をかけると、「人たい。人がおっとたい」と屋上を指差す。「自殺しようとしとるらしい……！」

げ、まじかよ！　と渡辺は屋上を見上げた。九階建ての建物の屋上のフェンスの外に、確かに人影がある。男の学生らしき者が、建物の角の部分に座り込んでいる。騒ぎを聞き付けた大学の職員が血相変えて飛んできて、必死の呼びかけを始めた。

「君、早まってはいかん！　危ないから早く降りてきなさい！」

学生の中には学内で自殺を図《はか》る者もいる。中でも文学部棟は他の建物より高いせいか、自殺の名所という有り難くない呼ばれ方をしていた。学期始めには特に自殺志願者が多いと聞く。

惨事《さんじ》の光景を想像して、渡辺はたちまち心拍数があがってしまった。

「おい、誰か警備員を呼んでくれ！」「それより消防署に連絡を！」

下は大騒ぎになっている。

だが屋上の学生は聞こえてもいないのか、真下を見ることもない。

冗談じゃない。こんなところで自殺を目撃するなんて御免《ごめん》だ！　とその場から逃げかけたところに「渡辺君！」と声をかけられた。ゼミの教授がこちらを見つけて叫んでいた。

「一緒に来てくれ！　あの学生を止めるんだ！」

なぜだかいつも面倒事に巻き込まれては、責任重大な役目を負わされてしまう渡辺である。訳のわからないうちに腕を引かれ、いつのまにか「自殺阻止役《そし》」を押しつけられていた。生憎《あいにく》こんな時にエレベーターが点検中で、教授が反対側の一基へと走る間に、渡辺も開き直り「まま よ！」と非常階段を駆け登った。

屋上には誰もまだ駆け付けていなかった。九階分の階段を一気に駆け登って真っ先に到着したのは渡辺だ。これで目の前で飛び降りられた日には向こう三年は夢に見るぞ、と思った渡辺は無我夢中で駆けた。高校時代、通学の駅のホームでぶつかったサラリーマンが、その直後入ってきた電車に飛び込み自殺してしまったことがある。あの時は怖くて振り返れず、思わず逃げ出してしまった渡辺だったが、あの後味の悪さは今も肩にぶつかった感触を思い出せるほどだ。渡辺は躍起《やっき》になって、あの学生が座っていた西側の隅《すみ》へと走った。

「おい、馬鹿な真似《まね》はやめ……ッ！」

叫びかけた渡辺は、思わず言葉を止めてしまった。

フェンスの向こう、床よりも一段高くなったコンクリートの角に、その男子学生は片膝を折り曲げ、もう片方を外へ投げ出して座っていた。その目は、真下を見ることもなく、暮れていく博多の街のほうへと遠く向けられている。

風に吹かれながら、その学生が心地よさそうに眼を閉じるのを渡辺は見た。口元には微笑すら浮かべている。

渡辺は立ち尽くした。

それは……、
とてもじゃないがこれから自殺をしようという人間の顔ではなかったからだ。

やや浅黒い肌をした、南方系を思わせる顔立ちの若者だった。襟《えり》にかかるくらいの、ゆるいウェーブのかかった黒髪。薄い唇、長い手足、そして遠くを見つめる鋭い眼、渡辺は訳もなく心臓が高鳴り始めた。ひどく存在感のある若者だった。自分自身を確立し、屹立《きつりつ》した人格を持つ者だけが持つ強さやしたたかさと言ったものを、渡辺はその若者から感じたのだ。

そこだけが何か、別の時間が流れているようだった。誰に触れることも邪魔することもできない。夕陽が彼の横顔の輪郭《りんかく》をきれいに縁取り、軽くウェーブのある黒髪が風に吹かれて獅子《しし》のたてがみのように輝いている。

崖《がけ》に腰掛ける孤高《ここう》の詩人——そんな印象だった。

渡辺はしばし魂《たましい》を吸われたように若者の姿を見ていたが——。

風に乗って下の方から聞こえてきた職員たちの声が、渡辺を我に返らせた。

「オイッ、そぎゃんとこるで何ばしよっと！　危ないけん早よ戻らんば！」

とフェンスにしがみついてがなると、つい出身の熊本《くまもと》弁が出てしまった。

「オイ、なんとか言うてみたら……！」

「街の風を見に来ただけだ」

振り返りもせず、学生は妙な答えを返してきた。声をかけたのが誰であろうと、殊更《ことさら》関心はないらしい。風のように受け流して、右膝に肘《ひじ》を載せたまま、

「ここが一番眺《なが》めがいいからここにいるんだ。わかったら邪魔するな」

「邪魔するなって……そぎゃん危なかとこにおっとば見過ごしておけっか！」

「うるさいな」

上体を捻《ひね》って、若者は初めてこちらを見た。

「自殺なんか誰がするか。過保護な連中だな。大丈夫だって言ってるだろう」

「そぎゃんこつば言われて『はい、そうですか』ってわけにいくか！　戻ってこないなら、こっちから行くぞ！」

と言うや否《いな》や、渡辺がフェンスをよじ登り始めたものだから、若者も少しうろたえ「おい、よせ」と制止した。聞かずに上まで登ったはいいが、いざ跨《また》ごうとした途端、真下が目に入ってしまったのがよくなかった。途端に恐怖感に襲われて、右にも左にも動けなくなってしまったものだから、呆《あき》れたのは若者のほうだ。チ、と舌打ちして、身軽にフェンスを乗り越えると、安全なフェンスの内側から渡辺の襟首《えりくび》を摑《つか》み、

「ほら、摑んでてやるから、ゆっくり戻れ」

結局情けないことに、その若者に助けられてしまったのである。彼は心地いい時間を邪魔されて不機嫌になってしまったが、こちらとて命がけだったのだ。ムカっ腹が立って、

「おい！　これだけ騒ぎを起こしといて、何もなしか！」

怒って思わず追いかけ、若者の肩を摑んだ。すると渡辺の手の重さでガクンとその体が沈《しず》んでしまったのである。若者はそのまま跪《ひざまず》いてしまった。「どうした」と叫ぶ渡辺に、若者は「なんでもない」を通したが、顔色が悪かった。具合が悪いのかと問うと、昨日から何も食べてないと答える。

「そんなフラフラの体で、あんなとこに座ってたのか！」

なんてヤツだ！

渡辺は憤慨《ふんがい》してしまった。

放っておけなかった。

世話焼きな性分《しょうぶん》はつくづく損だと思う。渡辺は、その若者を攫《さら》うように自分のアパートに無理矢理連れていくと、すぐに米を炊《た》く支度を始めたのだ（五人兄弟の長男なので、「困ったヤツ」は放っておけないのである）。

こんなものしかできないが、と言ってカレーを作ってやると、それまでぼんやり六畳《じょう》一間《ま》の畳《たたみ》に座っていた若者は、礼も何もなく黙々《もくもく》とスプーンを使い始めた。しかしあくまでガツガツではない。渡辺が目を丸くしているうちに、淡々《たんたん》と黙々と、結局このスマートな体で鍋《なべ》一杯のカレーを平らげてしまったのだ。なのにケロリとしている。化け物だ、と渡辺は思った。

「あんた、……劇研の人だろ」

とコップの水を飲み干した若者が、不意に問いかけてきた。驚いて、何で知っているのかと尋ねると「春公演を見た」という。

「あんたの演技は、自意識過剰すぎるんだ」

いきなり欠点を看破《かんぱ》されて、渡辺は目をひん剝《む》いた。ちょっと待て。おい、何者だ、この学生。

確かに渡辺は、当時いっぱしの役者を目指していたが、強すぎる自意識がいつもどこかで役に入り込む自分にブレーキをかけていた。観客の前で羞恥心《しゅうちしん》を捨てられず、弾《はじ》けきれないのが悩《なや》みの種だった。だがそんな内面を、たった一度の舞台で読みとれるものなのだろうか。見たところ年下のようだが。

役者か？　それとも——。

すると若者は、渡辺の動揺を見抜いたように、こちらを見た。そして思わず目線が吸い寄せられるほど、無邪気な笑みをその眼に浮かべてみせたのだ。

「……あんたはプロデューサーをやったほうがいい」

渡辺奎吾、二十一歳。

これが終生のパートナーとなる、演劇家・榛原憂月《はいばらゆうげつ》との出会いだった。

＊

とにかく生意気な男だった。

学年は一個違いとは言え二歳年上の渡辺に、敬語を使うこともない。哲学科の一年生とはわかったが、どうやらまともに講義に参加している様子がなく、いつも図書館や研究室に入り浸《びた》って、本ばかり読んでいる。聞けば、一般教養《ぱんきょう》や基礎演習《きそえん》は退屈で仕方ないのだそうだ。そんなんじゃ単位とれないぞ、と脅《おど》しても、榛原は耳を貸そうとしない。

「じゃあ出席だけして本を読んでればいいじゃないか」

と言うと、榛原はきょとんとして「あんた頭いいな」と笑った。

学科も学年も違うのに、なんとなく顔つきあわすと、話し込むようになったのは、榛原が異様に演劇に関して詳《くわ》しかったからだ。寺山修司《てらやましゅうじ》や唐十郎《からじゅうろう》が好きで、演劇が最も熱かった時代の舞台を見たかったといい、今に生まれたことを嘆《なげ》いていた。

「そんなに演劇好きなら、劇研に入ればいいじゃないか」

と勧《すす》めても頑《がん》として「興味ない」。大学演劇には興味ないと言う。そんなことはない、大学演劇から出発した有名劇団は山ほどある。いま一番元気のいい劇団のほとんどは大学演劇出身じゃないか。モラトリアムだとか何とかいうけど、社会人になったら容易に作れない時間が俺たちの武器だ。この時間を摑むために俺は受験勉強してきたんだ、と主張すると、榛原はただ笑った。

「自分の可能性を試す時間、か？　こんな甘ったれた環境で？」

「そういうおまえだって、『甘ったれた』環境にいるわけだろ」

「俺は知識を得に来たんだ」

講義をさぼりまくる男の口から出る言葉とも思えなかった。

「大学ってところは、この国の教育機関で最高レベルの知識を得るのを保証してくれる場所だと思ってたんだけどな」

だったら東大でもいってろよ、と渡辺は思ったが、実際皮肉にならなかったのは、榛原は実に頭のいい男で、少ない出席数の割に、前期試験もオールAで学部トップだったからだ。なぜこんな地方の三流大学にいるのか、教授たちも首を傾《かし》げるほどの頭脳の持ち主だったのである。

わけを聞くと、

「……福岡《ふくおか》を離れられなかったんだ」

とだけ返ってきた。

何か深い事情があるようだ。

福岡の国公立には希望した学科がなかったらしい。榛原が奨学金《しょうがく》で入学したのを知ったのは、それからひと月ほどたった頃だった。一浪した挙句《あげく》、目標とした大学には全部そっぽを向かれて、ここへやってきた渡辺だ。しばらくは負け犬根性を引きずっていたものだが、榛原のように何か家庭の事情があって行きたい大学にも行けない者の前では、自分の卑屈さが恥《は》ずかしくなってくる。

榛原は学内に友達を持たないようだった。どこか取っつきにくい雰囲気があったし、そもそも講義にも出ずサークルにも入らずでは、友人のできようもない。が、渡辺には心を開いた（と渡辺は思った）。盛り上がるのはもっぱら演劇話で、いつもは無表情で愛想も何もない榛原が、演劇の話をする時だけは眼が潤《うる》み、顔を紅潮《こうちょう》させ、弁舌《べんぜつ》熱くなる。その熱狂的なしゃべりに渡辺はすっかり酔わされた。

しかしこの男がとんだ爆弾男だとわかったのは、それからほどなくしてのことだ。

初めて一緒に芝居を観に行った時のことである。

その芝居は、当時、福岡の小劇場系でとても人気《にんき》のある劇団のものだった。渡辺の劇研のOBが結成した劇団でもあり、きっと榛原にも楽しんでもらえるだろうと思って、少々のOB自慢も込めて意気揚々連れていったのだが——。

そこで事件は起きた。

なんと榛原は、開演してからたった五分で劇場から出ていってしまったのである。

これには客席を始め、役者たちも唖然《あぜん》とした。

前から二番目のセンターの席で、これがやたらに目立ってしまったのだ。しかも榛原は出ていったきり、二度と客席に帰ってこなかった。

渡辺は真っ青になってしまった。その後のフォローが大変だった。OBの顔に泥《どろ》を塗るは先輩から怒られるはで最悪の観劇になってしまった。翌日渡辺は榛原を捕まえて怒鳴りつけた。

「ゆうべのあれはなんのつもりなんだ！　みんなに失礼じゃないか！」

榛原はしれっと答えたものだ。

「つまらない芝居を観るのは時間の無駄《むだ》だ」

「つ……ッ。つまらないだとォ……？　たった五分で何がわかるってんだ」

榛原は醒《さ》めた顔で「五分も見れば充分だ」と答える。

「役者はともかく、あんなつまらん演出の芝居なんかろくなもんじゃない。あんなセンスのない演出家はさっさと降《お》ろした方がいい」

「お、おまえ……ッ。一生懸命やってる相手に失礼じゃないか！」

「失礼だと？　一生懸命やるのなんか舞台人だったら当たり前のことだ。つまらん芝居にはつまらん芝居だと、教えてやるのが親切ってもんだ。お義理で甘やかされてる劇団なんか、ろくなもんじゃない」

渡辺は絶句してしまった。人気劇団の演出家をこうも一刀両断に切り捨てる毒舌家《どくぜつか》は見たことがない。しかし榛原なら、当人を前にしてもきっと同じ事を言うだろう。と思っていたら、本当にその数日後、やらかしてしまったのだ。

ふたりして書店巡りをしようと、天神《てんじん》に繰り出したときのことだった。例の劇団の人々と道端でうっかり出くわしてしまったのである。向こうは榛原の顔をきっちり覚えていたらしい。途中退場の理由を求めてくってかかる演出家に、榛原はきっぱり言ったのだ。

「あんたは前衛を気取ってるつもりかもしれないが、はっきり言ってあんなのは三十年前のテレビドラマなんだよ」

危うく親不孝《おやふこう》通りで大乱闘になるところだった。まったく爆弾よりも危ないのはこの口だ。

こんなヤツ放っておいたら命がいくつあっても足りないぞ、と渡辺は冷や汗をかきまくったが、どういうわけか不快ではなかった。どころか痛快だったのだ。自分らのような大勢の小心者が言いたくても言えないことを、はっきり言ってのける榛原の怖いもの知らずっぷりに、渡辺はいつのまにかワクワクしてしまっている。

クソ生意気で傲岸不遜《ごうがんふそん》。なまじ頭もいいだけに、本当ならば「とことん嫌なヤツ」の典型と言ったところだが、妙なところで世間知らずだったりするところが、渡辺には憎めない。八月一日生まれの榛原は、そのとき十九歳。流行《はや》りの漫画も歌も知らないらしく、渡辺が「一般大学生」の間でウケているものを教えてやると、榛原はいちいち新鮮がった。そんなところがかわいげがあって、ついつい面倒を見てやりたくなるのだ。

一般常識を知らないくせに演劇に対する目だけはハンパではなく鋭くて、その後も榛原の言動には何度も振り回されたが、演劇界の大御所《おおごしょ》すらもズバズバ斬《き》っていく彼の言葉には毎度のことながら胸のすく思いがした。

ただ一つの欠点は、渡辺に対しても歯に衣着せないことである。無神経というより傍若無人《ぼうじゃくぶじん》なのである。「受け売りばかりで、あんたには自分の発想がない」だの「八方美人」だの「馬鹿がつくほどのお人好し」だの、とんだ毒吐きマシンだ。しかも当人に毒を吐いている自覚がないのだから、始末に悪い。だが、けなす反面、誉《ほ》める時も、それはそれは素直なのだ。

「あんたは、面白《おもしろ》い」

榛原は時折そう言っては目を輝かせた。面白いものには子供のように反応する榛原だ。

たとえば、ネズミの話だ。渡辺が実家にいる頃、夜寝ているときにネズミに足の指を噛《か》まれたため、正倉院《しょうそういん》のネズミ返しにヒントを得て、翌日から両手両足に浮き輪をはめ、天井から吊《つ》るして寝た話をすると、榛原は声が出ないほど転がって喜んだ。藤崎《ふじさき》をスカウトした時のことも話したら、榛原はえらく喜んだ。

「あんたの実行力は大したもんだ」

かえって馬鹿にされたようでムッとするのだが、榛原はそんな渡辺も面白がる。

こんな具合に奇妙な交流が始まった渡辺と榛原だが、渡辺の方にも全く《まった》反発がなかったわけではない。榛原が演劇に関して大した見巧者《みごうしゃ》であることはもう充分思い知ったが、驚いたことに、彼は生まれてこの方、芝居に携《たずさ》わった経験は全くなかったのである。

「一度も？　演劇部にいたとか、そういうのもないのか？」

ない、という。

渡辺には意外だった。

ある時、榛原があまりに手厳《てきび》しく他人の芝居をけなしまくるものだから、渡辺はついキレて猛然《もうぜん》と言い返したものだ。

——口だけならなんとでも言える。芝居を創《つく》るほうの苦労も知らないくせに、おまえはわかってるつもりで、ホントはなんにもわかっちゃいないんだ！

——そんなに文句ばっか言うなら、自分で芝居を創《つく》ってみりゃいいじゃないか！

すると、毒舌家の榛原が珍《めずら》しく口をつぐんだ。いつも言い籠《こ》められている渡辺は「お、こいつは効いたぞ！」と内心ガッツポーズを決めたが、榛原は反論されてしょげたというよりも、目を伏せてなにやら考え込むような表情になってしまったのだ。心の内側に向かって閉じこもってしまう榛原に、渡辺はうろたえた。予想以上の反応に逆に当惑《とうわく》してしまった。

そういえば、前にも一度だけ、こんな反応を見せたことがあった。

——福岡を……離れられないんだ。

榛原にはいつも、何か「事情」を抱えている気配《けはい》があった。

元々《もともと》自分の事はあまり話さない榛原だが、容易に明かそうとしない「謎」の部分が、榛原のミステリアスなところであり、そんなところにまた惹《ひ》かれ、渡辺は彼への興味を深めていったのである。

学内では人を寄せ付けない榛原が、自分にだけは唯一、声をかけてくる。それが妙に誇《ほこ》らしいような、こそばゆいような。有《あ》り体《てい》に言えば「榛原になつかれた」のが嬉しかったらしい。

いつのまにか、気がつくと「メシを食いに行く」ような仲となっていた。

榛原との奇妙な親交が深まりつつある一方、劇研のほうもそろそろ稽古を本格的に煮詰めていかねばならない時期がやってきた。学祭までひと月を切った、ある日のことである。

「藤崎！　なんだよ、その傷！」

学食を訪れた渡辺は、カウンターに立つ藤崎晃一の姿に肝《きも》を潰《つぶ》した。左頬が赤紫色に腫《は》れ上がり、瞼《まぶた》も腫れて右目をほとんど覆《おお》っている。さんざんうち負かされたボクサーのようで、その美貌は台無しになっていた。「誰かに殴《なぐ》られたのか!」と問うと、藤崎は屈辱《くつじょく》の証《あかし》だと言うように顔を背《そむ》け、

「……親父《おやじ》に」

と呟《つぶや》いた。実家のある宮崎《みやざき》に帰省して、泥酔《でいすい》した父親に殴られたという。口元も傷になっていて、鼻が折られなかっただけマシというような有様だ。渡辺はショックを受けてしまった。親子喧嘩《げんか》にしても酷《ひど》すぎやしないか。無理矢理物陰に連れていって襟《えり》を開かせてみると、体中アザだらけだった。一方的な暴行を受けたのだとわかった。

「……その気になればあんな奴《やつ》、殺してやれるけど、おふくろが悲しむから」

眼底からギラギラと異様な光を放つ藤崎に、渡辺はギクリとした。渡辺はその時初めて知ったのだ。藤崎は決して美しいだけの若者ではない。奥底に何か底知れないどす黒い炎のようなものを抱えている。

彼の父親への憎悪《ぞうお》に、狂気の片鱗《へんりん》を垣間見た渡辺は、思わず立ち竦《すく》んでしまったが——。

この時たまたま一緒にいた榛原は、少し離れた壁際に佇《たたず》んで、そんな藤崎をじっと見つめていた。

静かな眼差《まなざ》しの奥で、いったい何を感じ取っていたのか。

振り返れば、これが藤崎と榛原との出会いとなったのだ……。

＊

学祭は毎年十一月初旬の連休期間に行われる。

幸い、その頃には藤崎の顔のアザはメイクでごまかせるくらいには薄まっていた。

学内は祭りの準備が始まっている。劇研の稽古《けいこ》も、いよいよ仕上げの段階になった。

しかし相変わらず演技に興味を示さない藤崎に、劇団員らはさすがに業《ごう》を煮やし、口々に役者交代を叫んだが、渡辺は徹底して藤崎を守り抜いた。このまま舞台にあげれば結果は目に見えていたが、舞台の出来と引き替えにしても藤崎を出演させようと思ったのは、多分あの眼を見てしまったせいだ。

ギラギラと手負いの獣《けもの》のように輝いた凶暴《きょうぼう》な目。渡辺は、そこに底知れない爆発力の源《みなもと》を見たのだ。藤崎がその美しい容姿の下に押し隠しているものを、何とかして暴《あば》き出してみたいという、自分でも驚くほど乱暴な衝動が、渡辺をして彼を舞台に使うことを決断させたのである。藤崎はきっと何かとんでもないものを、舞台で見せることができる人間だ。そんじょそこらの人間とは比べ物にならないほどのマグマを抱えている人間だ。確信があった。

そんな渡辺たちを、榛原はただ、見ているだけだった。

この時の彼は、あくまで傍観者《ぼうかんしゃ》だった。

「どうだ、すごいだろ!」

前日のリハーサルの時のことである。

舞台出演のため、約束通り職場から休みをもらえた藤崎は、その前日のリハにも参加することができた。渡辺は、仕込みが完了した野外ステージに藤崎を連れてきて、彼を舞台の真ん中に上げたのだ。すでにイントレ(高い位置から照明やカメラをあてる足場)が組んであり、ライトのテストが行われている最中だった。

「これが明日の舞台だ。どうだ、舞台って気持ちいいだろ!」

秋気濃くなった肌寒い風が、野外の舞台に吹きこんでいる。日も落ちた闇《やみ》の中、眩《まぶ》しいピンライトを浴びて藤崎は立ち尽くしていた。呆然《ぼうぜん》としているようだった。

「明日になればここを客が埋《う》める。そりゃあスゴイぞ! 舞台っていいだろ!」

藤崎は瞠目《どうもく》したまま何も言わなかった。言葉を失っているのだろう。こんな光景を持つ世界を初めて知ったというような顔だった。

イントレから光を放つフロントライト、頭上のサスペンションライト、劇中の季節や時間を自在に舞台へともたらすホリゾントライト――。客席はビールケースに板を載せた即席ベンチを何列も並べただけのものだったが、それすらも藤崎の目にはうち寄せるさざ波のように映っていたに違いない。

ここはいったい、なんなのだろう。

月光を浴びる断崖《だんがい》にも似た、この眩しくも、心を凜《りん》とさせる場所は。

ゲネプロが始まっても、まだ藤崎は呆然としていた。呆然としすぎて、数えるほどの短い台詞も忘れてしまうほどだったため、ますます劇団員たちは不安になったらしい。だが彼は、劇団員らが思ったように「あがっていた」わけではなかった。渡辺にだけはわかった。

藤崎は、この場所に心を奪われていたのだ。

舞台という、この場所に。

それが証拠に彼の眼は、生き生きとしていた。緊張した目は瞳孔《どうこう》が萎縮《いしゅく》しているものだが、彼の瞳は今までに見たことがないほどみずみずしく輝いていたからだ。まるで、今まで狭《せま》い檻《おり》に閉じこめられていた獣が広大なサバンナを見たかのように。

その子供のように驚きに満ちた表情が翌日に生み出す奇蹟《きせき》を、この時はまだ誰も知る由《よし》もなかった。

前夜、劇団員らは藤崎を替えるか否か最後まで揉《も》めたが、渡辺は最後まで抵抗した。「責任は俺がとる」とまで言い切った。といってもどうやって責任をとるか、方法なんてわからなかったけれども……その渡辺の不退転《ふたいてん》の覚悟は、先輩役者の意見までもねじ伏せてしまった。

劇団員らは諦めてしまったようだが、翌日の本番で藤崎は驚くべき豹変《ひょうへん》をみせるのである。

客の入りはまずまずだった。

夕方ぎりぎりに合わせた開演で、終演の頃には日も落ちて真っ暗になり、野外ステージはいい雰囲気になっているはずだった。

渡辺は結局キャストを外され、この公演ではスタッフに廻《まわ》っていた。トランシーバー片手に舞台監督の使いっ走りとして駆けずり回っていた渡辺だが、いよいよ開演時間が迫ってきたため、役者を呼びに、楽屋代わりにしていた文学部の教室に駆け込んだ。そこで渡辺は、つい今しがた舞台メイクを終えたばかりの藤崎を見、思わず息を呑《の》んでしまったのだ。同じ男であることも忘れて見とれてしまった。

「すごい……ッ。思った通りだ。おまえ、やっぱり化粧映えするなぁ」

メイク担当の女子学生もその出来にほれぼれとしている。

「……渡辺君。このお芝居ひょっとするとひょっとするかもよ」

とその女子学生は耳打ちしたのだ。

「この子、メイクしとるうちに顔つきば変わってきたとよ」

実際藤崎は落ち着いていた。プロの役者でも本番前は緊張しまくるというのに、台詞の少ない役だからプレッシャーが少ないのだろうか。いいや、そういうことではなさそうだ。

こんなに凜《りん》とした藤崎を、渡辺は見たことがない。

それは奇蹟の起こる予兆《よちょう》だった。

そう。

予言はあたった。

舞台にあがった途端、藤崎は今までに誰も見たことのない表情を生みだしたのである。袖《そで》にいた渡辺も息を呑んだ。「役者の顔になりやがった」と思った。目が熱を帯びて潤《うる》み、体中に不思議なオーラを漂《ただよ》わせ始めた藤崎はいつしか「演技」を始めていたのである。

芝居は、コメディタッチのラブストーリーだ。

藤崎の演ずる「水島《みずしま》」の台詞《せりふ》はたった二言、「ありがとう」「ごめんなさい」を繰り返すだけの役。だがその一言一言が微妙に違うのだ。稽古では機械的に台詞を返すだけで、ロボットのようだった藤崎が、自分の命を役に与えた。相手によって、表情や語調に微妙なニュアンスが生まれ、水島が本当に好きなのは誰なのか、どんな感情を抱いたのかを伝え始めたのである。

「大根」どころではない。キャリアをつんだ役者でさえ難しいだろうという微妙な表現を、藤崎は細やかに、見とれるほどに繊細《せんさい》に、だが華《はな》を持って表現していくのだ。

「おい、すげぇよ……あいつ」

劇は、完全に藤崎を中心に紡《つむ》がれ始めていた。予想はしていたが、なんて舞台映えする男だろう。ライトの中に立つ藤崎は、まるでそこに大輪の花が咲いたようだ。渡辺は自分の直感が間違っていなかったことを確かめて、興奮し、拳《こぶし》を握るとともに、陶然《とうぜん》となった。藤崎が、役の心情を自分の中に受け入れたのだと思った。

舞台と客席に、美しい対流が起こり始めた。生み出すのは藤崎だ。ただのドタバタ劇が、藤崎のおかげで、芯《しん》を持った切ない恋愛模様劇に――深みをもつ作品へと成長したのだ。

不思議な一体感に包まれた、心地よい終幕だった。

舞台は予想外の感動を客席にもたらし、思いも寄らないほどの大きな拍手に包まれた。

カーテンコールでの劇団員たちの喜びよう戸惑いようといったらなかった。渡辺はひとり、嬉しさのあまり大はしゃぎした。藤崎自身、舞台上で自分の体に起きた、全く未知の感覚に、ただただ吃驚《びっくり》しているようだった。そして何より、それが大勢の人々に拍手を以《もっ》て受け入れられたことに驚いてしまっている――。

舞台っていうのは……、と終演後、藤崎が自分の掌《てのひら》を見ながら、渡辺に呆然と呟いた。

「すごいところですね。こんなの……初めてだ……」

舞台上で自分が成《な》した行為の名を「表現」と呼ぶことすら、藤崎は知らなかったに違いない。藤崎は生まれて初めて味わったのだ。渡辺は藤崎の両肩を摑んで、興奮気味に叫んだ。

「そうだよ、おまえは『演じた』んだよ！　藤崎！　あれが『演技』なんだよ！」

後に「伝説のハミル」と呼ばれる藤崎晃一《こういち》が目覚めた夜だった。そして一度扉が開かれた才能の奔流《ほんりゅう》は、止《とど》まるところを知らず噴き出した。

藤崎の演技はさらにパワーアップした。二回目の上演では主役を凌《しの》ぐ存在感を身につけていた。というより完全に主役を喰《く》った。たった二言の台詞で、だ。学食のアイドルが舞台に立ったとの評判は、あっという間に広まったらしく、二回目の上演では客の数が一気に五倍に膨《ふく》れ上がり、立ち見が出るほどの騒ぎになった。一目見ようとする女子学生が押しかけ、学内でも大評判になり、急遽《きゅうきょ》、学祭最終日に三回目を行う羽目《はめ》となった。劇研始まって以来の大盛況に先輩学生も興奮状態だ。渡辺が貫いたキャスティングは大当たりだった。学祭の話題は、藤崎のことで持ちきりとなった。

藤崎自身、この舞台での体験は衝撃的だったのだろう。

興奮醒《さ》めやらぬ中、夜間部のハンデを負いながら、藤崎が劇研への入会を申し出たのは、学祭が終わった翌日のことだった……。

一方。

藤崎の初舞台を観て、榛原はどう思ったのか。

榛原は怒った。

「なんであいつをあんなくだらない芝居に出すんだ」

あいつ、とは藤崎のことだった。同年代と思えないほどの見巧者《みごうしゃ》である榛原は、藤崎の才能に一発で気づいた。彼が秘《ひ》める才能は、こんな劇団に収まっていられるものではないことも。

だが劇評は手厳しく、喜んでいた客が信じられないと劇研の舞台を滅茶苦茶《めちゃくちゃ》に罵《ののし》った。劇の内容よりも戯曲の出来そのものが気に入らないらしい。あんなのコメディじゃない、中途半端なコントだと榛原はボロクソに罵倒《ばとう》した。

「あいつには、もっと相応《ふさわ》しい役がある」

だが榛原の酷評をよそに、藤崎人気は高まる一方だ。

その公演以降、学食には藤崎の姿を求めてやってくる女子学生が一気に増えた。「水島君」と役名であだ名され、時には食券と一緒にプレゼントまで渡す女子学生まで出る始末だ。配膳場の片隅で黙々と働くだけだった藤崎の表情が次第に明るくなってきたと思うのは、渡辺だけではあるまい。

藤崎は正式に入団が決まると、忽《たちま》ち演劇にのめりこんでいった。夢中になりすぎて、時には二部の授業をほっぽることもあった。その熱心さには、教える渡辺のほうが圧倒されることもしばしばだ。

「今日の五限終わったら、発声を見てくれないか」

「この間のショートシーン、違う感じで練り直してきたんだ。見てくれよ！」

藤崎を突き動かすのは、自分の中に知らない自分を見つけた喜びだったろう。一度表現をすることの喜びに気づいてしまったら、もう足は抜けられない。授業料を捻出《ねんしゅつ》するための、深夜の水商売のバイトで睡眠時間を削りつつも、メキメキとぐんぐんと役者として力を付けていく藤崎の姿には、目を瞠《みは》るものがあった。

そんな中、いつのまにか榛原は藤崎と個人的に交友を深めていたらしい。先に声をかけたのは榛原の方だった。

演技の感想を伝えにいったようだが、藤崎は酷評《こくひょう》にも真摯《しんし》に耳を傾け、榛原の話に刺激を受けたらしい。芝居の話題で盛り上がるうちにいつしか親しくなり、渡辺が紹介しようとする頃には、すでに呼び捨てしあう間柄《あいだがら》になっていて、渡辺を驚かせた。

それからというもの、三人はしばしば連れだって芝居を観に行ったりするようになった。観劇の後は必ず、中州《なかす》にある渡辺の馴染《なじ》みの屋台に繰り出して、ビール片手に劇評で盛り上がった。藤崎は天性の演劇センスを持っているらしい。芝居などほとんど観に行ったことがないにもかかわらず、渡辺よりも鋭い事を言ったりしてまたまた驚かせた。

「ああ、俺もまた舞台に立ちたいなぁ……」

藤崎の観劇後の口癖《くちぐせ》だった。屋台に立ちこめる湯気の中で、そんな藤崎の横顔を、榛原は熱心に見つめている。屋台の裸電球の下で、ほろ酔い気味の藤崎は、舞台に立った時と同じように目が潤んでいた。榛原は藤崎の才能にいち早く気づいていて、藤崎もまた榛原独自の演劇観に刺激を受けている。渡辺には、ふたりが惹《ひ》かれあっていく様子が手に取るようにわかった。

藤崎は日に日に開ける新しい世界が、楽しくて仕方なかったらしい。暗い家庭事情を抱えるらしい彼が、出会った頃が嘘《うそ》のように明るく生き生きした表情を見せるようになって、渡辺も嬉しくなったものだ。藤崎は少しずつ心を開き始めた。

学食で働いていても、渡辺や榛原が顔を出すと、笑顔で応《こた》えるようになった。

冬休みに入ると、毎日のように三人で会い、クリスマスのアルバイトでは三人揃《そろ》ってデパートのおもちゃ売場の臨時店員になったりもした。サンタの恰好《かっこう》をさせられた榛原のあまりの似合わなさに、涙を流して笑ったりもしたものだ。

演劇に触れたことが、藤崎を変え始めていた。殻《から》に閉じこもりがちだった藤崎を、演劇は眩《まぶ》しい光の下に連れだしたらしい。

その彼の傍《かたわ》らには榛原の姿があった。学食の配膳係と学部トップを誇る哲学科の変わり者という一見ちぐはぐな取り合わせは、後期試験が終わろうとする頃には学内のちょっとした名物となっていたほどだ。

藤崎にとって榛原は、この大学で初めてできた親友であり、演劇の世界への伝道師でもあったのである。

こうして演劇活動に足を踏み入れた藤崎であったが。

なかなか役には恵まれなかった。「水島」の印象が強すぎたせいか「優しい好青年」役ばかりやらされているのが、榛原には甚《はなは》だ不満だったらしい。劇研側の押しつけるイメージのあまりの貧困《ひんこん》さに、榛原は腹を立てていた。

その榛原は、相変わらず演劇に関して傍観者であり続けている。

芝居のことになると、ああまで熱狂的になる榛原なのに、好きな物事に対してのめりこみ過ぎることを常に自制しているような気配が、彼にはあった。それが「福岡を離れられない」ことと、どう関《かか》わってくるのかは、そのころの渡辺にはまだ知る由《よし》もない。

このまま傍観者を通すかに見えた榛原だったが――。

渡辺の人生を揺るがす大事件は、ある日突然やってくるのである。

SCENE.3　The First Run

博多《はかた》の街にも、初夏の風が吹き始めていた。

劇研の春は、新入生歓迎公演から始まる。芝居ずくめだった渡辺《わたなべ》もどうにかこうにか大学三年に進級し、就職活動で忙《いそが》しくなる四年に代わって、劇研を切り盛りさせねばならない立場となっていた。新歓公演のプロデューサーを任されて、四月早々から目が回るほど忙しかった渡辺だが、公演も無事終え、新入生の勧誘もようやく一段落した。五月の連休が終わり、やっと一息ついた頃、久しぶりに榛原《はいばら》が会いに来た。

——これを演《や》ってくれ。

と榛原が何の前触れもなしに持ってきた原稿用紙の束《たば》。

中を見ると、それはなんと、書き下ろしの戯曲《ぎきょく》だったのである。

渡辺は驚いて思わず榛原の顔を見てしまった。

「おい、……これ、おまえが書いたとか」

ああ、と相変わらず不愛想で頷《うなず》く。題名の横に作者名がある。

〝榛原憂月《ゆうげつ》〟。

「これ、おまえの筆名か」

「人が本当に自分の人生を生き始めるのは、自分で自分に名を付けたときだと俺は思う」

榛原は言ったのだ。

「これからは、これが俺の名前だ」

憂月……。

榛原らしい名だと渡辺は思った。「月を憂《うれ》う」「月に憂える」——いや、「憂える月」か！

その意味はどこか哀感を帯びていて、なおかつ優美な響きだと思った。渡辺の脳裏《のうり》に、故郷熊《くま》本《もと》の阿蘇《あそ》の草原で、いつか幼い頃に見た蒼《あお》い満月のイメージが広がった。

戯曲の題名は……『メデュウサ』。

万年筆の、まだ新しい青い文字でそう著《しる》してある。

渡辺はその場で読み始めた。たちまちのめりこんだ。

スゴイ、この作品はちょっとスゴイぞ。行数を重ねるにつれて渡辺の心臓はバクバク暴れ始めた。興奮して原稿用紙をめくる手が震えてきた。隣に書いた本人がいることも忘れて、ついでに次の講義も忘れて夢中で読んだ。それは実にスリリングな復讐《ふくしゅう》物だった。ロンドンの芸術家一族を舞台にした骨肉の復讐《ふくしゅう》劇。母子相姦《そうかん》なる題材もショッキングだが、そんなもんじゃなかった。この迫力ある筆致《ひっち》はただ事ではなかった。本当に処女作なのか？　嘘《うそ》だろう。本当に初めて書いた戯曲でこれなのか。

だとしたら大変なことだ。

自分は今、世の中の誰よりも先に、この大変なものを読んでいる！

興奮した脳でそんな認識が生まれ始め、最後まで読み切る前に、こらえきれなくなって思わず大声で叫んでしまった。

「榛原、こいつは凄《すご》い！　これは凄い舞台になるぞ！」

榛原はこちらを見つめて微笑している。

なんて冷酷《れいこく》で才気溢《あふ》れる人物だろう、このハミル。美しい貌《かお》の下に冷酷な復讐心を秘めたハミル。生まれてから十五年間地下室だけを世界として育てられるという異常な生い立ち。母子相姦が生んだ天才児。乳母《うば》への切ない思慕《しぼ》だけが彼の唯一の温《ぬく》もりなのだ。渡辺はハミルから目が離せなくなった。さらにハミルの父――エドワード。実の母親と肉体関係を結んだ彼の、その屈折しまくった愛情に渡辺は眩暈《めまい》がした。しかも外の世界を知らないハミルはエドワードを「神様」だと信じ込んでいたのだ！

登場人物は皆、普通じゃない。エドワードの父は、芸術一辺倒で家族愛をもたないアンドルー。彼は自分の才能を受け継ぐ天才児の誕生だけを持ち望むが、子供たちはいずれも彼を満足させるに至《いた》らなかった。待ち焦《こ》がれた天才は、皮肉にも、おのが妻と子の間にできた子供とは……なんて容赦《ようしゃ》ない運命！

女も男も誘惑していく策略家ハミルに、渡辺はゾクゾクした。「自分を産み落とした女との間に生まれた、愛の最も濃い血でできた生き物」とエドワードが呼ぶハミル。そのハミルとひとつになるという「世界で最も濃密《のうみつ》な交《まじ》わり」が「恍惚《こうこつ》だった」と言い放つに至っては、ついに鳥肌が立ってきた。最後の対決の場面では、もう戯曲の世界に酩酊《めいてい》してしまい、ここが学内であることも忘れてしまった。

読み終わった渡辺は放心した。真っ白になった頭でぼんやり考えた。

なんて作品だ……。

こんな戯曲、やっていいのか。そもそも自分たちにできるのか。

顔を上げると、榛原はさっきと変わらない姿勢でそこに立っていた。腕組みをして、

「……演出は俺がやる。主人公ハミル役は藤崎晃一《ふじさきこういち》。これでいく」

渡辺はパニックに陥《おちい》った。

何を置いてもまず先に、仲間たちの元へ作品を持ち込んだ。劇団員は皆、あまりに完成度の高い戯曲にあ然とし、凄いものを読んでしまった衝撃で、しばらく声も出なかった。

だがその後が紛糾《ふんきゅう》した。まずこの作品はあまりにも自分たちの劇風とかけ離れている。「明るく軽く元気な」が彼らの持ち前だ。とてもじゃないが、こんな問題作には手が出せない。部外者が演出をやるのも冗談ではなかった。演出は映画で言えば監督だ。部外者で、しかも演出経験はこれが初めてだという人間に、任せられるわけがない。喧々囂々《けんけんごうごう》やりあった末、とうと

うキレた渡辺は言い放ってしまったのである。

「やりもしないうちから駄目《だめ》駄目ばかりの連中とは、もう舞台なんか作れない！　俺はぬける！　自分で劇団立ち上げて、こいつを上演してやる！」

怒った勢いで劇研のサークル室を飛び出してしまった。

そんな渡辺に、ついてきたのは藤崎だけだった。

「だって榛原は、ハミル役は俺だって言ったんでしょう」

サークル棟の階段の踊り場で、藤崎は言った。

「劇団の立ち上げ、手伝いますよ」


そこからが苦難の道のりだった。

自分で劇団を立ち上げる！　と啖呵《たんか》を切ってみたものの、劇団の旗揚《はたあ》げは容易なことではない。なにもかも、ないない尽くしからの出発だ。役名がある者だけでも十二名。最低限のキャストを集めるところから始めねばならなかった。さっそくOBに声をかけたり、募集チラシを配ったり、タウン誌にハガキを出しまくったり、渡辺たちは奔走《ほんそう》した。藤崎もあらゆるツテで役者を探しまくり、時にはバイト先のホストクラブの客にまで声をかける始末だ。

こうしてなんとか人数をかき集めたが、榛原の眼に適《かな》う役者は何人もいなかった。せっかく苦労して集めても次々お払い箱にしていく榛原に、殴《なぐ》りかかりそうにもなった渡辺だが、最初の本読みで、こだわりを持つだけの気迫と要求するレベルの高さを見せつけられてしまってからは、咎《とが》めることもできなくなってしまった。

「この芝居は、全員、芝居を忘れてもらう」

演技をしよう、なんて気持ちでは演じるな、と榛原は言い放ったのだ。

本読みというのは、戯曲の作者が自《みずか》ら台本を読む、芝居作りの最初の作業だ。榛原自身が読む『メデュウサ』に、渡辺も藤崎も鳥肌が立った。

渡辺はこれほど密度の濃い「本読み」に立ち会ったことがなかった。

ハミルが、エドワードが、立ち上がってくる。

榛原の肉声を得た彼らは、目には見えないが確かに存在するのであった。

ハミル役に指名された藤崎は、この時までに、すでに台詞《せりふ》を覚え終えていたけれど、作者本人に読まれたハミル像は、そうとうショックだったのだろう。

——自分に、この役ができるのだろうか……。

とてつもない要求を突きつけられて、藤崎は凍《こお》ってしまった。

榛原はさらに目を剝《む》くような演出プランを呈示《ていじ》する。

「ハミルとアッカーマンの濡《ぬ》れ場を想定した場面には生きた白蛇を使う」

これには全員が耳を疑った。生きた蛇だと？　そんなものをどうやって！

——舞台に動物を持ち込むのはムリだ……しかもそれと絡《から》むなんて不可能だ！

とキャリアのある役者は反発した。さらに榛原の未経験に付け込んで、

——君は芝居作りを知らないから、そんないい加減なプランをたてられるんだ！

榛原はそれこそ凶暴《きょうぼう》な目になった。

「黙れ！　やらないうちから、できないと決めつけてるうちは、どんな新しいことも実現などできない！　創造に弱腰な人間は、いまのうちに出ていってもらおう！」

あまりの迫力に恐れを成して、その役者は黙ってしまった。渡辺は感動してしまった。榛原の考えが自分と同じであったことに、体が震えるような喜びをおぼえたのだ。

確かに榛原は、演出はおろか、芝居に携《たずさ》わるのもこれが初めてだった。しかし彼のエネルギーに満ちた創造力は、圧倒的なリーダーシップとなって、カンパニー全体を引っ張り始めたのである。そこには経験も未経験もなかった。

それまでの「自制」の殻《から》を破った榛原の、一度溢《あふ》れ出した創造力は、もう彼自身にも止められなかったに違いない。噴き出した鉄砲水《てっぽうみず》のように、なにもかも押し流す勢いで、全てが動き始めた。

ついに『メデュウサ』の稽古が始まった。

*

何も知らないというのは恐ろしいものだ。

渡辺は思い知る。未経験者のアイディアは侮《あなど》れない。中途半端に知識がある者には決して浮かんで来ない（浮かんでもムリだと思ってしまう）目が覚めるようなアイディアに、渡辺は何度も驚かされた。榛原にはなまじ専門知識がないために、常識を超えた斬新《ざんしん》なアイディアが次々と飛び出してくる。

高校時代から多少なりと芝居作りというものを経験してきた渡辺から見れば、やはり未経験者の榛原の演出には多々「無知の無謀《むぼう》」としか思えないものがあった。

つまり、火を使おうとしたり、水を使おうとしたり、砂を使おうとしたり……。

一般的に舞台では、本物の水や火は使えない。火を使うには消防署への申請《しんせい》がいるし、水を使う時は舞台や器材を絶対に濡《ぬ》らさないよう厳重《げんじゅう》な防水対策を施《ほどこ》さねばならない。その他にも、舞台には実際、様々な制約がかかってくる。そうでなくても限られた予算の中だ。榛原の演出プランはたちまち壁にぶつかった。が、榛原は決して諦《あきら》めなかった。

「濡らしたらいけないなら、どうしたら濡らさずに水を使えるか考えればいい。それでも駄目なら、どうしたら水を使わず濡れている表現ができるか考えるだけだ」

榛原の口癖《くちぐせ》は「諦めない」だった。

表現とは挑戦だ。最も理想的な表現にどうやって近づいていくか。表現者にはどこまでも考え続ける粘《ねば》り強さが求められる。可能と不可能との境界をどこまで拡《ひろ》げていけるか。制約の中でいかに知恵を絞《しぼ》りきれるか。榛原は未経験にも関《かか》わらず、すでに芝居づくりの真髄《しんずい》を心得ていたのだ。

幸《さいわ》い榛原には心強いブレーンが現れた。以前、榛原が途中退場して乱闘騒ぎを起こしかけたあの劇団から、スタッフのひとりが協力を申し出てくれたのだ。名は大塚《おおつか》ヒロオ。劇研のOBでもあり演劇歴は十五年。変わり者で知られていて、例の事件で榛原を知り、彼に興味を持ったらしい。その大塚がなんと『メデュウサ』の舞台監督になってくれたのだ。榛原は、この大塚から、照明や音響などに関する専門知識を学びながら演出に携わることになった。言ってみれば榛原の先生だ。

だが、演技指導に関してはその大塚も一切《いっさい》口を挟《はさ》まなかった。挟めないほどに、榛原の演出には最初から徹底して榛原色が満ち満ちていたのである。

榛原は、まさに独裁者だった。

「四の五の言わずに、俺の言うとおりにやればいいんだ！」

演出に疑問を挟む役者は頭ごなしに押さえつける。理解を求めて話し合うようなことは、榛原はしなかった。役者側からはたちまち反発が沸《わ》き起こった。「芝居を創ったこともないくせに」「何様のつもりなんだ！」。せっかく出演を承諾《しょうだく》させた役者も、榛原との衝突でやめていく。キャストが固まるまでに一体何人の役者が交替していっただろうか。

榛原は榛原で、あまりにもついてこれない役者たちに苛立《いらだ》ち、感情的になることもしばしばだった。時に役者に手をあげることすらあった。無理難題を押しつけてくる榛原に、役者たちも逆ギレし「だったら、自分で演じてみろ！」などと言い合いになったものだから、逆上したのは榛原だ。こうなると誰にも止められなかった。椅子《いす》をガラスに投げつけて割り、役者たちを黙らせたあとで、

「おまえら！　くだらないことぐだぐだ言ってると、どんどん頂上が遠のくだけだぞ！」

この稽古場に、気遣《きづか》いだの相互理解だの、そんなお上品なものは全《まった》くなかった。役者も演出家も真っ向から本音だけでぶつかりあって、お互い傷だらけの血塗《ちまみ》れになっていた。いま思えば、なんて乱暴な稽古だったろう。

そんな中、誰よりも必死だったのは、主役の藤崎晃一だった。

――どうしたら、ハミルになれるのか。

示された山はあまりにも高かった。

稽古を重ねるたびに、まるで追いつかない自分の演技に藤崎はひたすら打ちのめされた。台詞を一言吐くごとに、榛原がガンガン駄目《だめ》を出す。歯に衣着せない駄目だしは周りから見ていてもひどすぎて、いつ役を降りると言いだしても無理もない状況だったのに、藤崎は決して弱音を吐かなかった。悩み抜き、精神的に追い詰められていく藤崎に、渡辺は助け舟も出せずオロオロするしかなかったが、そんなある日のこと。榛原が奇妙な段ボール箱を持ってきたのである。

中を開けてみると、そこにうずくまっていたのは、なんと、蛇ではないか。一匹の真っ白な蛇だった。

「榛原、もしかしてこれ」

美しい白い肌に赤い瞳を持つ、珍《めずら》しいアルビノの蛇だった。

榛原はその蛇をいかにも馴《な》れた手つきで自分の腕にまとわりつかせながら、

「……おまえに、こいつをやろう」

チロチロと赤い舌を出す白蛇を藤崎に差し出した。

「こいつと一緒に暮らして、扱いを徹底的に覚えるんだ。なに、怖がることはない。嚙《か》まれても毒はないから」

蛇が苦手だった渡辺は悲鳴をあげて飛びすさってしまったが、藤崎は魅入《みい》られたようにその蛇の瞳を覗《のぞ》き込んで、意外な反応を見せた。

「蛇の目って……意外にかわいいんだ」

榛原の腕からこちらに伝ってくる蛇に、藤崎も最初は腰がひけていたが、やがてそのなまめかしい動きにすっかり見とれてしまったらしい。

「この蛇、おまえが飼ってたのか？」

すると榛原は、少し前にペットショップで見つけたのだと答える。実はこの白蛇を見ているうちに、ハミルが頭に浮かんだという。

「濡れ場のシーンはこいつと絡《から》んでもらう。俺が目指すのは『二匹の蛇』だ。名前でもつけてやれ。立派な共演者なんだから」

藤崎は言われたとおり、白蛇に「ハミル」と名前をつけて、自宅に連れて帰っていった。その蛇を飼いながら、藤崎はひたすら「彼」をなつかせようと日夜触れあったらしい。

稽古に入ってからも、何人も役者はやめていった。特にクローディア役の女優に榛原が要求することはただ事ではない。稽古より先に声楽家の学校に通わせた。マスターしたうえで、さらに「声を出さずに、あたかも声を出しているように喉《のど》を震わせる」をやってのけねばならない。人間業《わざ》ではない。役者は、そんな演技できるわけがない！　と音《ね》を上げてはやめていく。

榛原の言動には目に余《あま》るものがあった。あまりにも独裁的な物言いを見かねて、渡辺はある日忠告をした。「そもそもが寄せ集めのカンパニーで、信頼関係もろくにできてない。プロの役者ならともかく、こんなやり方じゃ反発を招くだけだ」。だが榛原は頑《がん》としてやり方を変えようとはしない。渡辺はネール役で出演することになっていたが、その渡辺に榛原はこう言うのだ。

「そんな心配するくらいなら、自分の演技を考えろ。おまえの演技には色も臭《にお》いもない。姪《めい》にいたずらする男の心の歪《ゆが》みを生みだすには、おまえの精神はノーマルすぎる。もっと狂《くる》え！　幼女を犯して来るくらいおかしくなってみろ！」

常軌《じょうき》を逸《いっ》した要求に、役者達はみな、怯《ひる》んだ。

――榛原にはついていけない。

櫛《くし》の歯が欠《か》けるように、役者が逃げた。

榛原はたちまち、厳しい現実と理想の狭間《はざま》に立たされた。要求すればするほど、難度に役者がついてこれなくなる。役者が降りれば、舞台が成り立たない。だが役者との関係の破綻《はたん》を恐れては、妥協《だきょう》の産物しか生まれない。板挟みにあった榛原は、苛《し》立ちの余り時に子供のように感情を爆発させた。理想への執着が強ければ強いほど、妥協を強いられる時の痛みは大きい。

芝居作りは衝突の連続だ。譲《ゆず》れないもの同士が衝突したときは、舞台の成功は、どこにお互いの妥協点を見いだすかにかかってくる。だが榛原は最後まで自らを押し通そうとする。

「おまえの譲れなさは、俺の譲れなさに勝てるのか？　勝てると言い切れるか！」

言い切れるものなど、いない。

この芝居に打ち込む気持ちの純度で、榛原に勝《まさ》る人間など、どこにもいやしない。

次第に共演者達は知り始める。榛原がふっかけてくる無理難題は、ふよふよしたいい加減な理想《イメージ》のもとに要求していることなどではない。くっきりとした輪郭《りんかく》のある到達目標が彼の中にあり、その見地から要求してくることなのだ。全てが全て、千パーセント本気なのだ。本気で不可能の実現を――到達を目指しているものなのだと。

役者たちは皆、戦慄《せんりつ》した。

その執念に全員が、打たれた。

だがただ一人、そんなことは始めから全て理解していた者がいた。藤崎晃一だった。

榛原が、今まで誰も見たことのないものを本気で成そうとしていること、彼だけは『メデュウサ』を初めて読んだその時からわかっていたのである。

ある日、目に余る榛原の仕打ちにたまりかねた共演者たちが共謀《きょうぼう》して稽古をボイコットしようとしたときも、藤崎だけは加わらなかった。藤崎の答えは明快だった。

「ハミルは、榛原が俺にくれた役だから」

藤崎は、榛原の要求通りに狂いだしていった。

普段の顔つきから変わった。

ハミルの役作りにのめりこむうち、人格にまで影響が及んできたらしい。

それが証拠に、アルバイト先のホストクラブでは、いつまでも素人《しろうと》っぽさが抜けなかった藤崎が、メキメキと変貌《へんぼう》し、その店のナンバーワンにのしあがってしまった。振る舞いも言動も、ハミルそのもので、女たちは毎日のように藤崎にのめりこんだらしい。誘惑の仕方も冷たい突き放し方も、ちょっとゾッとするほどそそるものがあり、女だけでなく男からも言い寄られたりしたという。

そう、藤崎は役にのめりこむと止まらないタイプだったのだ。

榛原から「吸血鬼が血の味を思い出すような表情」を要求され、それがなかなかできなかった藤崎は、何を思ったか、カッターナイフを持ってきて、いきなり自分の手首に切りつけた。

驚いて駆け寄る渡辺達に「近寄るな！」と叫び、藤崎は自分の血を思う様味わったのだ。掌《てのひら》いっぱいに血をつけて、そのぬめり具合を確かめる藤崎に、恐れを成して誰も近づけなかった。

またある時は、ハミルがバラの花びらを食べるシーンだった。テーブルのバラの花びらを一枚噛《か》み千切《ちぎ》って食べる動作に、憎しみを滲《にじ》ませる演技。その表情がうまく作れず、榛原を納得させる表情が作れるまでに、買ってきた三十本のバラを全部食べてしまったこともあった。

そしてとどめは、これだ。榛原に「官能を知らない」と罵倒《ばとう》され、それを「知りに行く」ために見知らぬ女と寝てしまったことだ。役作りのために藤崎は童貞《どうてい》を捨てた。

あの、おとなしそうだった美青年が、ここまでやるか、というようなことを次々としでかす。藤崎の中から、得体の知れない生き物がみるみる生まれ出てくるのを、渡辺は驚愕《きょうがく》の思いで見つめていた。

毎日がギリギリの精神状態だった。

稽古は毎週月曜だけが休みだった。この日だけは、榛原は必ず休みをくれたが、それは休息日などでなく各々《おのおの》が演技を作り上げてくるための修練日だったのだ。休みの間に役者は必ず今までとは違うものを作り上げて来なくてはならなかったし、何もしてこなかった役者には、榛原は容赦《ようしゃ》なく罵声《ばせい》を浴びせ、時に物を投げつけたりもした。ゼミの課題があろうが、仕事があろうが、特別扱いはしなかったし、言い訳もさせなかった。

「あいつの演出は、気が狂ってるよ」

音《ね》をあげたのは、アッカーマン役の白石《しらいし》という社会人役者である。

「あいつ普通じゃないよ。いつか殺されるよ」

——おまえは本当の恐怖と言うヤツに遭《あ》ったことがないんだろう。

追い詰められる気持ちがわかっていない、と言って、榛原がしでかしたことだ。コップをいきなり床に叩《たた》きつけたかと思うと、ガラスの破片でいきなり役者の顔に切りつけた。悲鳴をあげた役者の頬《ほお》はスパリと切れて血が流れたが、なおも榛原は役者の襟《えり》を掴《つか》み、喉元《のどもと》にガラスを押し当てた。恐怖に引きつる白石に榛原は言った。

「どうだ、これがアッカーマンの状況だ。さあ想像しろ、このまま声帯を切られたらどうなる。気道を切られたらどうする。さあ答えを出せ。出せなかったら、俺は本当におまえの喉を切り裂《さ》くぞ」

脅《おど》し文句でもなんでもなかった。この時の榛原ならば本当にやりかねなかったのである。

榛原は飴《あめ》と鞭《むち》なんて親切な手は使わなかった。時には相手の劣等感にとことん付け込んで生《なま》臭《ぐさ》い感情を引き出した。役者たちは榛原を恐れまくったが、下手《へた》に投げ出せば殺されるような狂気じみた迫力が、このころの榛原にはあったのだ。

いや、実際はいくらでも逃げ出せたはずなのだ。それでも逃げ出さなかったのは、次第に榛原の成《な》さんとするところを理解し始めていたせいだ。これから生み出そうとするものが、この世の中でまだ誰も見たことのない凄《すさ》まじいものだということに皆がようやく気づき始めた。反発しても、彼の創造力だけは誰もが認めるところだったのだ。

しかし稽古はエスカレートしていく。

榛原は当然のように、ハミル役の藤崎に最も厳《きび》しかった。容赦《ようしゃ》という文字は榛原の辞書にはなかった。土台、役者を始めてたった半年の人間に要求できるレベルでは到底《とうてい》ないものを、榛原はかまわず猛然と要求してくる。藤崎はハミル役のためにとうとう大学にも行けなくなった。榛原とマンツーマンで、何日も何日も稽古場にこもり稽古を続けた。そんな二人の姿には鬼気迫るものがあった。

白蛇のシーンは、特に凄《すさ》まじかった。同性愛者で小説家のアッカーマンから執筆中の原稿を手に入れるため、彼を誘惑するハミル。アッカーマンに身を任せながらハミルが過去を回想する場面で、「生きた白蛇を使う」という、とんでもない演出を編み出した榛原だ。

その稽古風景には異様なものがあった。藤崎は全裸のまま、蛇を体にまとわりつかせて、何時間も稽古をつけられた。最初は思うように扱えず、蛇の機嫌を損ねては嚙《か》みつかれ、そのたびに悲鳴をあげて蛇を床に放り出した。

「互いの動きがチグハグだから嚙まれるんだ。おまえが蛇に合わせろ。蛇の動きに同調するんだ。おまえ自身が蛇になってしまうんだ！」

榛原の注文は無茶苦茶《むちゃくちゃ》だ。女性キャストの前でもおかまいに無しに言い放つ。

「その蛇はペニスだ！　おまえは自分のペニスをそんな風に扱うのか？　そんなんでイケるの

か！　しゃぶり方もわからないなら、誰かこいつに貸してやれ！」

羞恥《しゅうち》と屈辱《くつじょく》で、藤崎の眼は今にも燃え出しそうだった。必死でこらえて演技にのめりこむ姿はいっそマゾヒスティックで、共演者の心に何やら危うい感情を芽生《めば》えさせたものだ。蛇と化していった藤崎はみるみる官能的になっていった。ストリップ嬢でも敵《かな》わない。渡辺もあやうく惑わされそうになったくらいだ。榛原は共演者たちに向け、

「こいつと寝てもいいと思った奴《やつ》、正直に手を挙《あ》げろ。手が挙がらないうちは完成ではない。いまのこいつを思い出して夜中にマスかけたヤツは俺に言え。劇場中がたまらずオナれるようでなければ意味がない！」

榛原にはタブーがない。人間の動物性も崇高《すうこう》さも、すべてが一緒くたに舞台にある。それが榛原の目指す舞台だ。藤崎はそれを、誰よりも体現しようとしていた。

友達同士のヌルい感情は入る隙《すき》もない。キャリアなど言い訳にさせない。力が足りない藤崎を言葉で叩《たた》きのめしていく。だが藤崎はどれほど屈辱的なことを言われても屈しなかった。いつか「父親に殴られた」と顔を腫《は》らしてきた時と同じ、ギラギラした眼をしていた。もう演劇ではなく真剣の立合《たちあい》だった。榛原と藤崎、二人の間には誰も立ち入ることができない。異様な殺気に包まれたふたりは、別次元の住人にすら思えた。

渡辺はある日、それを実感させる光景に遭遇《そうぐう》する。

——彼らは鬼だ……。

——とうとう演劇に命を売り渡してしまった。

夜明けの稽古場で渡辺は見たのだ。藤崎を裸に剝《む》いた榛原が、彼を抱えて呼吸も荒く壁にもたれこみながら、目を剝きだしてこちらを見ていた。まさに人を喰《く》らおうとする鬼だった。

ハミルたちの地下室での日々を、叩き込もうとしていたようだった。床は藤崎の精液で濡れ、その藤崎は気絶しているようだった。榛原は、体中に青あざをつくって、掌《てのひら》を体液まみれにしながら、狂ったようにこちらを見つめていた。

渡辺は言葉もなく立ち尽くしていた。

そこにいたのは紛れもなくハミルとエドワードだと思った。

ここまで芝居という名の創造に、熱狂する人間たちを、渡辺は見たことがない。


彼らの狂気はどんどんエスカレートしていくように見えた。

このままでは、ふたりは本番を迎える前に発狂するのではないか。そんな焦燥感《しょうそう》が渡辺を駆った。渡辺は役者とプロデューサーを兼ねて奔走《ほんそう》した。天神《てんじん》の小劇場を押さえ公演日が決まったが、榛原の「まだ完成ではない」の一言でキャンセルになった。延期を重ね、今度こそようやくゲネプロまで漕《こ》ぎ着けたと思っても、出来のひどさに、榛原が前日中止にしてしまったこともある。渡辺達は決定を聞いて呆然《ぼうぜん》としたものだ。ここまでやってきたのに。やっとここまで辿《たど》り着いたのに！

このときだけだ。渡辺が本気で榛原を刺《さ》し殺してやろうかと思ったのは。皆、もうへとへとに疲れていた。これ以上こんな精神状態を続けていたら、体も心ももたない……！

それでも役者は食らいついてきた。あれほど榛原に反発しまくった役者たちが猛然と、誰ひとり脱落することなくついてきたのだ。それはもう全員の執念だった。そして彼らの精神力を牽引《けんいん》し続けるのは主役の藤崎だ。藤崎の執念は、彼がアマチュアだとは誰も思わないほど凄まじいものがあった。いや、もうプロだとかアマだとかは関係ない。純粋に演劇のためだけに脈打つ命が目の前にあるだけだった。『メデュウサ』を舞台にあげる。そのためだけに文字通り生活も何もかも擲《なげう》った。擲って榛原に土佐犬《とさけん》のごとく食らいついた。ハミルを投げることは、憎悪する世界に屈することだとでも言うように。

渡辺は問わずにはいられなかった。

なにがおまえをそこまでさせるんだ。

「……おれには、ハミルの気持ちがわかるんです」

言葉の意味もわからない役者に、ものを演じる資格はない！　と榛原に頭からモップの水をぶっかけられて稽古場から追い出された藤崎が、渡辺に語った言葉だった。

「おれも、父親からさんざん暴力をふるわれてきたから……」

驚く渡辺の傍《かたわ》らで、藤崎は昂《たか》ぶる感情を堪《こら》えながら情けなさそうに笑った。

藤崎は自らの境遇を初めて渡辺に語って聞かせた。

幼い頃から父親の暴力に服従を強《し》いられてきたという。母親は五年前に逃げて、今は行方《ゆくえ》もわからない。バブル景気に浮かれて父親が土地に手を出し、債権者の取り立てに追い詰められる毎日。祖母の介護、父親の酒浸り、穏やかな生活というものを藤崎は二十年間知らずに生きてきた。

「……痴呆《ちほう》が進んだ祖母の世話は、全部俺ひとりでやってきました。祖母のおむつを替えてやりながら、このまま首しめて家に火をつけようと思ったこともあった。家は借金の担保《たんぽ》でとりあげられて、親父は親父で勝手に親戚《しんせき》の土地売ったりして問題ばかり起こすし。高校時代なんて、俺にはなかった。やりたいことが自分にあるなんて、思いもしなかった」

見るに見かねた叔父が祖母を介護施設に入れてくれたため、どうにか宮崎《みやざき》を離れることができたという。それでも介護費用の半分は、今も藤崎が払わねばならないらしい。

「母親はパート先でできた恋人のもとに走ったようでした。でも母を呪《のろ》う余裕もなかった。俺は捨てられたのに、おふくろを悲しませてはいけないって気持ちが、いつも爆発しかける気持ちの歯止めになってたんです……。悲しむおふくろは、もう俺のそばにはいないのに」

母への思慕に呪縛《じゅばく》されて、家を飛び出すこともかなわなかった藤崎。

「父親なんて、俺にはただの足を引っ張る重石《おもし》でしかなかった。昔からなに考えてるかわかんなかった。息子なんて自分に都合のいい奴隷《どれい》としか思ってない。家族を守ろうとしたことなんて一度もない。自分中心で、自分のことしか考えてない。エドワードと一緒だ」

父親を呪う言葉を吐きながら、彼の体は震えていた。

「こんな顔のせいでか、父親からいたずらされかけたことが何度もありました……」

人が羨《うらや》む容姿も、藤崎にはただ身に危険を及ぼす種でしかなかった。

「だから、ハミルの復讐心が誰よりもわかるんです。一番憎いのは肉親だっていう気持ち、よくわかるから、何が何でもハミルを演じ遂《と》げたいんです。ハミルは俺自身なんだ！」

嗚咽《おえつ》する藤崎を物陰から見つめている榛原の姿に、気づいたのは渡辺だった。稽古場では独裁者であり続ける榛原だったが、その時藤崎を見つめる眼は、限りなく深かった。

榛原の拳《こぶし》に巻かれた包帯の意味に気づいていた者はどれだけいたろうか。

――藤崎しかいない……ッ。

藤崎を責めすぎて深く傷つけた時、物陰で、拳が割れるほど壁を殴りつけていたのは榛原だった。

――俺の書いたハミルを演じきれるのは、藤崎しかいないんだ……！

苦しんでいるのは藤崎や役者たちだけではない。誰よりも榛原自身が苦しんでいる。求める舞台を生み出すために誰よりも苦しんでいるのがわかるから、渡辺は心に決めたのだ。必ず成功させてやる。万難を排《はい》して『メデュウサ』を成功させてやる！

初演の日は目の前まで迫ってきていた。

若者たちは一丸となり、ただひとつの頂《いただき》へと登り詰めていく。
伝説は、そうして運命の瞬間へと重い扉を押し開いていったのである。

SCENE.4 Your Superb Song

そこから先のことは――。

榛原《はいばら》を知る人間ならば誰でもが知る歴史だ。

福岡《ふくおか》の小劇場から始まった劇作家にして演出家・榛原憂月《ゆうげつ》の軌跡《きせき》。


初日は十月三日。『メデュウサ』の初演の公演日数は、たったの三日だった。しかしあまりの反響に、ただちに再演が決定した。再演は一週間。再々演は二週間と、演《や》るたびに公演日数が増えていき、観客数は爆発的に増えていった。

とにかく物凄《ものすご》い熱気だった。百人入るのがやっとという小劇場。初日はやっと席が埋《う》まる程度だったのが、再演の頃には立ち見がひしめき、満員のライブハウス状態となっていた。榛原憂月の名にちなんで〝演劇結社〈彷徨《さまよ》う三日月〉〟と名付けられた劇団は、後《のち》のクレセント・カンパニーの前身だ。実にセンセーショナルなデビューだった。

とにかく話題になったのは、衝撃的な内容と型破りな演出――そして藤崎晃一《ふじさきこういち》の演技だった。特に白蛇のシーンの過激さは、演劇を普段観ない若者たちまでも劇場へと引きずり込んだ。ポルノよりも生々《なまなま》しく、観る側の衝動に揺さぶりをかける演出と演技は、皆から「麻薬演技《ドラッグ・プレイ》」と呼ばれ、驚いた観客が劇場側に十八禁のクレームをつけたほどだ。

大成功に喜んだのも束《つか》の間《ま》、渡辺《わたなべ》達はあまりの反響に逆に恐れをなすことになる。上演するごとに客がネズミ算式に増えていくさまは、異様ですらあった。ついには当日券をゲットするための徹夜組まで出始めた。

「おい、なんか大変なことになってきたぞ」

演《や》る側が圧倒されたほどだ。見たことのない熱狂が観客を包んでいて、酸欠で倒れる客が出るに至《いた》っては、もう異常事態としか言いようがなくなった。彼らの噂《うわさ》は口コミでみるみる広まっていき、博多《はかた》のみならず、遠方からも客が押し掛けるようになってきた。

――福岡に、ちょっと凄《すご》い劇団が現れたぞ。

噂が全国区に至るまで、さほどの時間はかからなかった。地元新聞には今もっとも熱い劇団として取り上げられ、観客の反響は〝真皮に及ぶ熱狂〟などと書き立てられた。やがて雑誌の取材も舞い込むようになったが、取材に応じるのは、一応は主宰者であった渡辺と、主演の藤崎だけで、肝心《かんじん》の榛原は決して表に出ていかない。謎《なぞ》めいたところが人気《にんき》に拍車《はくしゃ》をかけ、「ハイバラユウゲツとは何者だ」と騒ぎは大きくなる一方だ。

少しずつ協力者が増え、人手不足に悩まされていたカンパニーにもようやく人数が揃《そろ》いはじめた。（実は初演では、あまりの人手不足ゆえ、あの榛原が当日の照明スタッフにまわっていたほどだ。——今では考えられないことだ！）『メデュウサ』という一発の爆弾が起こした衝撃波は、みるみる全国に広まっていく。

怒濤《どとう》の快進撃の末、ついに福岡で、小劇場にしては異例の二カ月公演を成し遂《と》げた彼らは、大阪《おおさか》での初の遠征公演を行うことになる。

三日間の大阪初演は、大成功だった。すぐに長期公演の話が舞い込んだ。しかし劇団員の半分は現役大学生と社会人だ。夜のみの公演ですら、すでに時間をやりくりするのが難しくなっていたし、そうそう福岡を離れられるものでもない。劇団としても団員それぞれにしても、いよいよ進む道を選択せねばならなくなった。

福岡のみで活動しつづけるか。

それとも、全国に活動場所を拡《ひろ》げていくか。

渡辺は迷わず後者をとった。これほどの熱狂を醒《さ》ます手はない。こうなったらどこまでも行ってやる！　だが実現のためには、それぞれの生活を根本から見直さねばならなかった。生活の重点を演劇活動中心に切り替えられねば、全国規模の活動についてくることなど、とてもできないからだ。アマチュアとプロの違いは、芝居で食べているか否《いな》かではない。ひとえに、生活の中心をどちらに持ってくるかなのだ。芝居か会社か。芝居か学業か。それぞれの心の持ち方次第なのだ。

たとえ『メデュウサ』が成功しても、その後を保証するものは何もない。周囲の騒然《そうぜん》とした空気の中で、劇団員は選択を迫られた。ある者は会社生活を続けるため泣く泣く去り、ある者は大学を休学しての参加となった。

藤崎は、退学届けを出した。

役者としてやっていく覚悟をつけたのだろう。

渡辺にしても、学業の傍《かたわ》ら芝居を続けるにしては、あまりにも『メデュウサ』の勢いがありすぎた。それでも親に気を遣《つか》って「休学届け」という形で大学を離れたが、結局戻ることはなかった。

当の榛原は迷うこともなかった。ほとばしる創作意欲はそんな選択を容易に押し流してしまったに違いない。さして実になるものを得るわけでもない大学にさっさと退学届けを叩《たた》きつけ、演劇に打ち込んでいった。（教授達が涙を流したのは言うまでもない）

翌夏の、大阪での一カ月公演は、全回満席の快挙《かいきょ》をとげ、大盛況のうちに幕を下ろした。

＊

劇団員が連日盛況の熱に浮かされる中、榛原は早くも第二作目にとりかかっていた。

体の中から止めどなく噴き出す創作欲は奔流《ほんりゅう》となって、猛烈《もうれつ》な勢いで原稿用紙を埋《う》めていく。榛原憂月という天才はついに目覚めたのだ。三日四日の徹夜などなんでもないようだった。あふれ出す勢いに任せて怒濤《どとう》のごとく筆を走らせ、満足いくところまで書き終えたら、倒れるように昏睡《こんすい》状態に陥《おちい》る。また目覚めて猛然と書き出す。そんな生活を続ける榛原は、なにかに取り憑《つ》かれたようだった。実際取り憑かれていたに違いない。芝居の神が降臨《こうりん》したとばかりに、榛原は目を血走らせて劇作に狂奔《きょうほん》した。

夢中になると寝食《しんしょく》を忘れてしまうその性分が徒《あだ》になった。榛原が、ある日突然倒れた。渡辺が慌《あわ》てて病院に連れていくと、栄養失調だと言われてしまった。

こいつは何を考えてるんだ……！

復活してきた榛原を無理矢理回転寿司に連れていくと、あれよあれよという間に皿の山が築きあげられ、気がつくと百枚以上テーブルに重なってしまっていた。渡辺はとことん呆気《あっけ》にとられた。黙々と寿司を口に放り込む姿は放って置いたら閉店まで止まらなそうだ。この男は何事につけても「ほどほど」を知らないらしい。

そんな日々のさなか、或《あ》るふとしたきっかけで、榛原に関する小さな秘密が暴《あば》かれることになる……。

幕開き前の楽屋にかかってきた一本の電話がきっかけだった。

とある病院の医師からの電話だった。

「……榛原、ですか？　はい。ちょっとお待ちください」

呼ばれてやってきた榛原は医師の名を聞いて、少し顔をこわばらせた。

受話器をとると、なにやら深刻そうに話し込む。盗み聞きするわけではないが、なんだか気になって渡辺は榛原の様子をうかがっていた。榛原はかすかに溜息《ためいき》をつき、

「わかりました。夜、また、伺《うかが》います。よろしくお願いします」

と言って電話を切る。この間担ぎ込まれた病院ではない。どうやら榛原は密《ひそ》かに医者にかかっているようなのだ。しかも病状は深刻らしい。その後は一日中、寡黙《かもく》だった榛原だ。渡辺がそのことを藤崎に話してみたところ、

「花村《はなむら》病院？　それって確か、香椎《かしい》にある精神病院ですよ」

渡辺は思わず聞き返してしまった。ホストクラブのバイトのおかげで、意外に情報通な藤崎はその病院の名も知っていた。精神病院と聞いて、渡辺はちょっと驚いた。

「どういうことだ？　それ」

県下では結構名の知られた、精神科の医療施設だという。

「榛原が精神科の病院にかかってる？　でもそんな様子は」

見受けられなかった。無茶をして担ぎ込まれることはあっても、精神的に不調を来《きた》しているようには、まったく見えなかったのだ。

そういえば、榛原は必ず月曜日を休みにしていた。休演日も月曜だ。不思議なことに月曜の

夕方になると、決まって榛原と連絡がとれなくなる。渡辺達はそれを不思議に思っていたのだが、

「病院通いをしてたっていうのか？　まさか」

「そういえばこの間、地下鉄でばったり榛原と会ったっけ」

藤崎はそれも月曜日だったという。

「貝塚《かいづか》のほうから来た電車だった。榛原が持ってた切符も確か」

香椎から買ったものだったという。やはり、病院通いをしているのか？

終演後、心配になって、渡辺は榛原に電話の主のことを聞いてみた。だが、榛原はなんでもないと答えるばかりで話さない。しかも「これから出かけるところがあるから」と言いだし、夜九時過ぎにもかかわらず、榛原は何やら急いで劇場を後にした。いよいよ気になった渡辺たちである。

「榛原のヤツ、自分のことは、あんまり話さないからな……」

そんな榛原も一度だけ、渡辺と藤崎を自宅に連れていったことがある。小道具の準備のためだった。実家通いの榛原の自宅は、立派な一軒家だった。門扉《もんぴ》の向こうには広い庭まである。今まで家族構成のことなどは一切口にしなかった榛原だ。自宅の中は妙に閑散《かんさん》としていて、家族と暮らしているような気配《けはい》が全く感じられなかった。玄関にも榛原一人分の靴しかない。怪訝《けげん》に思って問いかけてみると、榛原はこの大きな家で一人暮らしをしているという。

——家族は？　いつからひとりなんだ？

高校の時からだ、と榛原は答えた。広いリビングにはソファセットとピアノが一台置いてあった。やや年季の入ったアップライトピアノだ。渡辺が珍《めずら》しがって「誰が弾《ひ》くんだ？」と聞くと、榛原は一瞬真顔になった。が、すぐに表情を弛《ゆる》め、

——俺が弾くんだよ。

と言う。椅子《いす》にこしかけると、鍵盤《けんばん》の蓋《ふた》を開いた。目を丸くしている渡辺と藤崎の目の前で、あの榛原がピアノを弾きはじめたのである。驚いた。榛原の腕は大したものだった。「ネコ踏んじゃった」くらいしか弾けない渡辺にとっては、魔法を見るようだった。

その時弾いた曲が「革命のエチュード」だった。しかも楽譜なしで榛原は弾いてのけたものだから、渡辺は度肝《どぎも》を抜かれてしまった。ピアノが弾けるなんて初耳も初耳だ。しかも腕前はハンパじゃない……こんな難曲を弾くのは相当訓練しなければ無理なことは、渡辺にだってわかる。さらに暗譜となれば、指が覚えているということだ。幼少から習っていたのか？　問うと、そうではないという。高校時代ふとしたキッカケでピアノに触れたのが最初だった。

どうやら才能というのは一芸のみに現れるものではないらしい。この男、本物の天才だ、と渡辺は思った。

聞き惚《ほ》れた藤崎が「もう一曲」とリクエストすると、榛原が次に弾いたのはベートーベンのピアノソナタ「月光」だった。但《ただ》しこの「月光」には癖《くせ》があったのだ。同じ箇所で榛原は必ず

ミスタッチをする。だが弾き直すことはしない。どうやら半音ずれたそれが、榛原の癖らしい。

――なあ、榛原。あそこ、なんか違うんじゃないかな。

と渡辺が言うと、榛原は「ああ」と答え、

――これは、耳で覚えた曲だから。

つまりそのミスタッチを癖に弾いていた人間が、榛原の前にいるということだ。そういえばこのピアノ自体もかなり古い。家族の誰かが弾いていたということなのだろうか。

榛原が唯一自分のプライバシィを明かしたのは、この時だけだったような気がする。そんなことを思い返しているうちに、渡辺は急に不安になってきた。「榛原の後を追おう」と思い立った。すると、メイクを落としていた藤崎も一緒に行くと言いだした。

ふたりは榛原の後を追って地下鉄を目指した。案の定、榛原は自宅とは反対方向の貝塚行きの電車に乗った。ホームを駆け下りた渡辺と藤崎は、あと一歩及ばず、次の電車に乗ることになったが、降りる駅のアタリはついていた。

「西鉄《にしてつ》香椎駅」

ふたりは思い切って、花村病院という精神医療施設まで赴《おもむ》いた。もう夜も更《ふ》けていた。一月の寒空の下、渡辺と藤崎は、榛原が来ていることを予想して、通用門の前でずっと待っていたのだが……なかなか出てこない。ほんとうにここにいるのだろうか、とだんだん不安になってきた。しかしあの榛原の様子では行き先はここしか考えられなかったのである。

待てども待てども榛原は現れず、とうとう終電の時間になった。諦《あきら》めて帰るか、と藤崎に話しかけた時である。藤崎が「あ」と小さく声をあげた。

門の向こうから、人影がやってきたのである。

榛原だった。

紛《まぎ》れもなく榛原本人だった。

榛原はふたりの姿に驚いた。

なぜここにいるのか？　と目を剝《む》いた。

「やっぱり来てたんだな!?　おまえ、医者にかかってるなんて一言も……！」

と渡辺が言いかけると、榛原はふと目を見開き、そして事情を察したのか、やがて溜息《ためいき》をついた。追ってきた二人を責めるでもなく、諦めたように首を横に振った。

「──俺じゃない」

寒風に晒《さら》されながら、榛原は言った。

「母親だ」

渡辺も藤崎も、目を見開いた。

「ここに入院してる」

「……おふくろさんが……」

この精神病院に入院しているという。榛原は、隠すことでもないと思ったらしい。明かりの消えた病室棟を肩越しに振り返り、

「ずいぶん前から入退院を繰り返してた。さっきの電話は、母親の担当医だ」

「何かあったのか」

「――また自傷を始めてしまったらしい。このままでは危険だから抑制具をつけてもいいか、と訊《き》いてきたんだ。あれには家族の許可がいるから」

淡々《たんたん》と語る榛原を、渡辺も藤崎も呆然と見つめている。

どう答えていいかわからなかった。

「あれは、ほんとうは、いやなんだ。ほんとうはさせたくない」

「榛原……」

「自分が縛られる思いがする……」

淡々とはしているが、感情を麻痺《まひ》させているような受け答えが、渡辺たちの胸を締め付けた。渡辺はようやく察したのだ。

「もしかして、おまえが福岡を離れられない理由っていうのは、おふくろさんのことだったのか」

榛原はうなずいた。

「……心を患《わずら》ったうえに、持病を抱えてる」

目を離すことができないのだという。いまは入院して専門家の全面介護のもとにあるが、自傷癖があり、何度か命の危険にもさらされていた。榛原は毎週月曜日、必ず母親に面会に来ていたのだという。

「親父《おやじ》さんは、どうしてるんだ」

「日本にはいない。いても、もう家族じゃない」

突き刺《さ》すような寒風の中で、榛原はマフラーを巻き直しながら、低く呟《つぶや》いた。

「あの人には……俺しかいないんだ」

その静かな表情に漂うものは、苦悩でも恨《うら》みでもない。抗《あらが》いも気負いもなく、ただ現実を黙って受け入れることを決めた者の、孤独な諦観《ていかん》のようだった。

母親の心の病は、軽いものではないらしい。薬で抑えておけるときは普通に日常生活を送れるが、良好の兆《きざ》しに喜んで薬をやめると、途端に被害妄想《もうそう》的な言動を発し始めるのだという。「警察が自分の家に盗聴器をしかけて、財産をとりあげようとしている」だの「町中の男たちが自分を犯そうとしている」だの、あり得もしない話を延々と大声でわめき続ける。ある日突然行方がわからなくなって、探した挙句《あげく》、捜索願を出したところ、二週間後なぜか縁もゆかりもない青森《あおもり》の市街で見つかった。……またある日、珍しく「おまえのために料理を作ったから」と言うのでテーブルにつくと、差し出された皿の上には、火の通していない生魚《なまざかな》と包丁で割っただけのじゃがいもが載っていた。

自殺未遂を繰り返し、その顔には自らライターであぶった火傷《やけど》のあとがあるという……。

そういう言動を母がとるたび、榛原は自らの心を胸の奥底に沈《しず》めていった。母の狂気に寄り添い、「おいしいよ、母さん」と言って生魚を食べたこともあった。

入院した母親は一時は快復に向かったが、ここ数日でまた悪化をはじめたという。駆け付けた榛原が特別に面会をさせてもらうと、自傷をさせないため抑制服を着せられた母は、うつろな目で歌を歌っていた……。

渡辺は、どう言葉をかけていいか、わからなかった。

だが榛原はつらそうな顔は少しも見せず、今に始まることではないと自分を納得させて、遠くを見つめていた。沈黙の後で、ふたりを振り返った。

「……心配かけて悪かったな。帰ろう」

それきり言葉をかわすこともできなかった。三人は肩を並べて、北風の吹き抜ける人通りも減った道を小さな私鉄の駅へと戻った。

終電に乗っても無言のままだった。単線の小さな電車は客もほとんどいなかった。吊《つ》り革が揺れるのを、渡辺は黙って見つめていた。榛原の抱えた「深い事情」は、渡辺には正直ショックだった。多くは語らない榛原だが、彼が二十年間その目で見てきただろう物事を思うと胸が詰まる。母親の奇行を見続けた榛原は、いったいどんな気持ちで今までの人生を過ごしてきたのだろう。

榛原は窓の外を見つめている。目線は動かなかった。遠い目をして、なにを考え続けていたのか。

天神《てんじん》駅で渡辺と藤崎は地下鉄を降りた。別れ際、榛原が「おやすみ」とようやく微笑を浮かべて見せた。なんだかとても疲れている微笑だった。渡辺は不意に追いかけたい気持ちに駆られたが、榛原を乗せた電車はそれを振り切るように、暗いトンネルの向こうに消えていった。地下鉄の生温《なまぬる》い風が、ホームに立つふたりに吹き付けてきた。

榛原、おまえは……。

互いに重苦しい気持ちを抱えたまま、ふたりは無言で帰途についた。同じ方角に帰る渡辺と藤崎は西鉄のりばの改札をくぐろうとしたのだが。…ふとそこで藤崎が足を止めた。

「どうした?」

藤崎はひたむきな表情をしている。

「奎吾《けいご》さん。俺、やっぱ榛原のうちにいってくる」

渡辺は目を丸くした。もう日付も変わろうというのに、藤崎はこれから榛原の家に行くという。

「あんな淋《さび》しい家に、榛原ひとりを置いておけない」

呼び止めたが、藤崎は振り返らなかった。地下鉄乗り場にとって返す藤崎の背中を、渡辺はただ見送るしかなかった。

人一倍感受性の鋭い藤崎には、「母親に抑制具をつけることを許した」榛原が今どんな気持ちでいるのか、容易に想像できたのだろう。体に傷をつけさせないためとはいえ、母親の身の自由を奪うことを許可しなければならない榛原の心の痛みは、察して余りある。顔には出さないだけに、なお痛々しい。

渡辺は藤崎を追わなかった。榛原の痛みを癒《いや》せるのは、藤崎だけではないかと思った。彼らの間には自分も入り込めない、うわべではない、何かがあった。魂《たましい》の底から生み出すような藤崎の演技を導き出すのは榛原だった。演劇という行為を通じて深く結びつきあうふたりの絆《きずな》は、病にある者同士がそれを癒すために互いを求めあうような痛ましさすら帯びていた。

いまはお互いが半身以上の存在に思えるのではないだろうか。

この日の出来事を、渡辺は今も忘れない。

榛原の抱える「深い事情」。

精神を患う母親のこと。

その母をたったひとりで背負っている榛原。

稽古場の独裁者と呼ばれ、演劇に対する猛々《たけだけ》しくも激しい情熱の陰に、おまえは、そういうものを抱えていたのか……。

一度創造に身を任せたら、自分が止まらなくなるとわかっていたから、母親のことを思って自分を抑制してきたのか。自制の気配は、そのためだったのか。

そんな頑《かたく》なな榛原をたまらず創作に駆り立てたのは、ひとえに藤崎の存在だと思う。藤崎が役に恵まれないことを嘆《なげ》いていた榛原は、彼のために『メデュウサ』の筆を執《と》った。だとしたら、榛原という才能の水門を開けたのは、藤崎に他ならない。

今夜、ふたりは何を語り合うだろうか。

ぼんやりとだが、渡辺には理解できるような思いがした。

酒の匂《にお》いが漂う終電の車内で、渡辺はひとり、泣いていた。

「榛原憂月」を生むものの源《みなもと》を垣間《かいま》見たような……。

そんな気がした。

＊

その後も『メデュウサ』の快進撃は止まらなかった。

榛原憂月の処女戯曲『メデュウサ』の衝撃は、続く第二作にも引き継がれた。演劇結社〈彷徨う三日月〉が第二作目を発表したのは、翌十月。相変わらず福岡に拠点を置く彼らの、二作目も初演は博多だった。

題名は『狗賓星《ぐひんぼし》』。

ナチス・ドイツ時代のベルリンの精神病院を舞台にした二人の男の心理劇だ。民族浄化の名の下《もと》にユダヤ人や同性愛者そして精神病患者を次々と収容所送りにするナチスの恐怖と狂気の時代。その到来を前に繰り広げられるショッキングな心理サスペンスは、精神病院という場所が舞台ということもあり、またも論争を巻き起こした。

この芝居の中で、榛原は徹底的に「〝狂う〟とはどういうことか」「本当の狂気とは何か」を追究した。渡辺の目には、その題材が母親のことと無縁《むえん》ではないように映ったのだ。

心を患う母親に愛情を向ける傍《かたわ》らで、榛原はもしかしたら、自分が狂い出すことに怯《おび》えているのではないだろうか。

そんなことを思わせる台詞《せりふ》が戯曲には現れていた。現実においては観察者であり続ける榛原は戯曲の中で「母親の狂気」と徹底的に向き合おうとしているのかもしれない。精神病院が舞台ということもあって、渡辺にはそんな榛原が痛ましくも思えたが、そんな渡辺の同情など蹴散らすように、榛原はあくまで創造者だった。

主人公の精神病患者エルンストには、福岡の若手劇団『スパイラルスパンカー』から移籍した信夫《しのぶ》みつお。ナチ党員で幹部候補という輝かしい経歴を持ちながら、精神病を患って入院を余儀なくされた若者フリードリッヒに藤崎晃一。この芝居で藤崎は、役者としてまたも飛躍的な成長を遂げた。エルンストとの対話の中で、正気になっていくのか狂っていくのかわからなくなるフリードリッヒの混乱を、彼は見事に演じ遂げた。

渡辺はこの芝居から役者を降りた。実は『メデュウサ』の再演のほうも、すでにネール役を降りていた。「今回からおまえは使わない」。役者として榛原には応《こた》えられないことはわかっていたから、その言葉が引導になった。正直ショックで一晩泣いたが、諦めもついた。この公演から、本格的にプロデューサーとして活動を始めた渡辺は、いつかの榛原の予言が現実になったことを実感したのだ。

確かに俺はプロデューサーが向いているかも知れない。

プロデューサーの役目は、公演を社会的に成り立たせることだ。企画から劇場との契約、資金集めから予算等の金銭管理まで、縁《えん》の下の仕事はすべてやらねばならない。芸術的センスは我ながら乏《とぼ》しいとの自覚はあったし、駆けずり回っているほうが性にあっている渡辺は、やはり根が実務家なのだ。

第二作目は、榛原憂月の才能が本物であることを世に証明した。『メデュウサ』のアタリはやはりまぐれではなかった。『狗賓星』は再演で小劇場から場所を移し、五百人規模の劇場を連日満席にしたほどの大盛況となった。

加速的に高まる周囲の熱狂の中で、榛原はみるみる才能を開花させていった。劇作を重ね、自ら演出し、ぐんぐん開けていく表現の世界に、榛原自身目が眩《くら》む想いをしていたに違いない。爆発的とも言える勢いで、榛原はめざましい成長を遂げていく。

三年目には彼らの公演は、東京・大阪が中心となってきた。しかし福岡を離れられない榛原は、頑《かたく》なに博多に拠点を置き続ける。だがそれもだんだん限界に近づいてきた。

　当時の演劇シーンの中心は、やはり東京だった。芝居小屋の多さと観客の動員数は、地方とは比べものにならない。そうでなくても、福岡は決して演劇の盛んな土地ではない。なにぶんにも芝居小屋が少ない。遠征の費用も馬鹿にならない。さらに榛原が、商業演劇のプロデュース公演で演出を任されると、稽古のためにわざわざ東京に飛ばねばならなくなった。役者もスタッフも東京にいる。芝居づくりで最も障害になるのは距離だ。活動がグローバルかつ多忙になってくると、博多に拠点を置き続けることには無理が生じるようになってきた。

　それでも榛原は、稽古のために東京に行き、戯曲執筆のために福岡に戻る生活を頑なに続けていたのだが――。

　そんなある日。

　福岡の自宅にいる榛原から、公演中で東京に来ていた渡辺に、電話がかかってきた。

『東京に移る』

　渡辺は驚いた。

　あまりに唐突《とうとつ》な決定だった。

　どうしたんだ？

　なにがあったんだ？

　問うと、電話の向こうの榛原はぽつりと答えた。

『――母親が死んだ』

渡辺は息を呑《の》んだ。

榛原憂月二十三歳の春のことだった。

＊

死因は持病の発作《ほっさ》だったらしい。

入院していた病院で息をひきとったという。

告別式は、あげなかった。密葬という形で、ごくごく身近な者だけが集まった。

渡辺も出席した。藤崎は公演中だったため、連れてこなかった。榛原が来ることを禁じた。

喪服《もふく》に身を包んだ榛原は、火葬場の桜を見上げていた。まだ三分咲きの桜だった。

榛原は涙を見せなかった。

口数が少ないだけで、悲しいという表情も見せなかった。淡々と身の回りのことを片づけて、遺骨を引き取った榛原は、久留米《くるめ》の母親の実家の墓に、納骨した。

墓石の名を見て、榛原という姓は母親のものだったのだと渡辺は改《あらた》めて気づいた。線香の煙が漂う墓前に手を合わせた渡辺の背中で、榛原が一言、こう呟《つぶや》いた。

「……今年の桜は、間に合わなかったな」

榛原は満開になった墓地の桜を見上げていた。桜にどんな思い出があるのだろう。胸中を思って塞《ふさ》いでいた渡辺は、その横顔にハッとなった。──榛原は泣かないのではない。泣けないのではないか。

密葬の折、榛原の叔母なる人から、渡辺は彼の生い立ちを聞いた。榛原の母親が精神病を患うようになったのは、榛原が中学に入ったか入らないかくらいの頃だったという。父親はヨーロッパで活躍中の優秀な建築家で、今はベルギーのブリュッセルに移り、かの地で家庭を持っている。養育費は離婚後も払われていたようだが、すべて母親の治療費にまわされ、榛原は大学に入るのも奨学金に頼らねばならなかった。榛原は父親に母の病の事をいまだ一言も告げてはいないらしい。

葬儀にも父親の姿はなかった。

多感な時期に、たったひとりで母親の狂気と向かい合ってきた榛原だ。今になって大学に入り立ての頃のあの異質さの理由がわかったような気がした。高校の頃おぼえたというあのピアノ。癖《くせ》のある「月光」はかつて母が弾いていたのだろうか。それとも──。

母の心の病は、この一年間でさらに悪化していたらしい。妄想《もうそう》の世界に閉じこもるようになった母親は、榛原が会いに行ってもすでに自分の息子とわからず、延々と彼女の妄想が生みだした奇異《きい》な話を語って聞かせた。支離滅裂《しりめつれつ》で聞いているとこちらまでおかしくなってくるので叔母はいたたまれず去ったというが、榛原だけは黙って何時間も話につきあっていた。

渡辺は、母親の死が、榛原を自由にしようとした最後の母心のような気がしてならなかった。むろん死因は持病の発作だったし、息子の身を思いやることのできる精神状態ではなかったことも、承知のうえで渡辺はそう感じるのだ。

母親は彼の人生を拘束《こうそく》したくなかった……死のタイミングにそういう意志を感じるのは気のせいだろうか。

榛原が感情を見せないのは、感情がもう動かなかったからかもしれない。悲しい、とも解放されたとも、感じられなかったからではないか。ただ淡々と目の前の出来事を受け止める榛原は、いつか病院の帰りに寒空の下で語った時と同じ顔をしていた。

墓に納めたのは母の遺骨だけではない。榛原はその時自らの半生をも一緒に埋めたのかも知れない。

「劇団を解散して、拠点《きょてん》を東京に移す」

榛原が桜の下でそう言った。――一緒に来るか。

渡辺はふたつ返事で応じた。もちろんだ、榛原。おまえの行くところなら、地獄の底までついていく。とことんつきあってやる。

そう答えながら、渡辺は泣いていた。泣けない榛原の代わりだというように涙を流した。声をあげて泣いた。

悲しむこともできなくなってしまったおまえの、その悲しみを流してやるというように。

榛原は桜吹雪の下で伏し目がちに微笑した。

伝説の車輪は、この日を境にすべての枷《かせ》をとかれ、大きく動き出していったのだった。

*

榛原憂月の登場は演劇界に激震《げきしん》をもたらした。『メデュウサ』で全国を席巻《せっけん》した榛原憂月の勢いは、もう誰も止められない。一躍、時代の寵児《ちょうじ》となった榛原憂月は「演劇界の革命児」と謳《うた》われ、その名は演劇界のみならず広く世間一般にも轟《とどろ》くようになった。

――ハイバラユウゲツを観ずして今の演劇シーンは語れない！

騒ぎ立てられる一方で、様々な誹謗中傷《ひぼうちゅうしょう》にも遭《あ》った。出る杭《くい》は打たれるというのは本当だ。『メデュウサ』を「ポルノで人寄せする、こけおどし芝居」などと罵《ののし》る劇評家もいたが、榛原は相手にもしなかった。どころか「その程度の理解しかできない」輩《やから》を嘲笑《あざわら》うような勢いで、次々と新作を発表した。

この頃には取材にも応じるようになっていて、傲岸不遜《ごうがんふそん》な物言いは古い演劇人の反発を招いたが、榛原は物ともしない。とにかく挑戦的な男だった。八十年代の反動のような当時の主流ずな男で、現状の演劇界批判も躊躇《ためら》わなかった。榛原は次々と問題作を送り込んだ。怖いもの知らずな男で、現状の演劇界批判も躊躇《ためら》わなかった。まさに「革命児」を地で行く男が演劇界に殴り込みをかけたのである。

劇作も演出も、過激で大胆、迫力があって極めてドラスティック。骨太なテーマを力強くも美しい台詞で描き出していく。稽古での容赦《ようしゃ》のなさは有名で、今時の若い演劇人の稽古は「演出家が威張《いば》る」のを嫌って、ずいぶん和《なご》やかになったようだが、榛原はもろにその逆を行った。役者を時に挑発し、恫喝《どうかつ》し、その一方で深く汲《く》み上げるようなやり方は、役者達には（反発も招いたが）言い様のない魅力だったらしい。榛原は場数の少なさに反して、舞台の怖さをよく知る演出家だった。舞台にあがったものには一切《いっさい》言い訳が出来ない。役者の下手《へた》さも演出家は言い訳に使えない。なぜなら舞台にあがったものはすべて「演出家がこれでよしとしたもの」とみなされるからだ。それは、即演出家への評価につながる。

そんなことは、榛原はよくわかっていたのだろう。いいや、評価云々《うんぬん》以上に、完璧なる舞台を目指す執念がずば抜けて凄かった。あまりに徹底的すぎて、ついていけない役者が続出し、反発のあまり自ら降りる役者の数もダントツだったが。

それに応える藤崎は……。

藤崎は舞台に命をぶつけていた。

無我夢中だった。

容姿の妖艶《ようえん》さとはまるで正反対の、その激しい情念の演技は、多くの観客の心をとらえて離さなかった。藤崎晃一の名は、いま最も注目すべき若手舞台俳優として一躍脚光《いちやく》を浴び、各種の新人賞を総なめにしたほどだ。楽屋はいつも、贈られた花やプレゼントで埋まっていた。終演後は女性客が出待ちをするほどの人気《にんき》ぶりだ。学食の片隅で働いていた、やせっぽちの青年が、みるみる輝きを増していく姿は渡辺の目にも目映《まばゆ》かった。演劇でつけた自信が容姿にも反映するのか。街を歩けば、必ず人が振り返るほどのオーラをいつしか身につけていた。

その類《たぐ》い稀《まれ》な容姿を買われて、テレビ出演を持ちかけられたり、タレント事務所から声をかけられたりしたものだが、藤崎はすべて断った。

——自分の表現の場所は、あくまで舞台です。

しかし、万事順風満帆《じゅんぷうまんぱん》だったわけではない。藤崎の活躍を知った宮崎の父親がある日、公演中の楽屋に押し掛けてきたことがあった。

——稼いでるんだろう！　祖母《ばばあ》には仕送りして、育てた父親に何もなしか！　金をよこせ！

藤崎は耳を塞いで必死で無視した。すると今度は上演中の客席で騒いだものだから、とうとうあの藤崎が爆発した。父親に有り金を叩きつけ、胸ぐらを摑《つか》んで怒鳴ったのである。

——これで親子の縁《えん》は切った。二度と俺の前に姿を見せるな！

父親は一旦《いったん》はスゴスゴと宮崎に帰っていったが、それからも仕送りの催促《さいそく》が執拗《しつよう》に続いたらしい。電話を受ける度に重苦しい表情で塞ぎ込む藤崎の姿を、何度か目にした。その眼は相変わらずギラギラと煮えたぎり、憎悪の炎を湛《たた》えているのが渡辺には見て取れた。

そんな藤崎のもとに、ある日ビッグチャンスが舞い込んできた。演劇人の憧《あこが》れの的である超有名演出家から藤崎に客演依頼があったのだ。渡辺達は狂喜乱舞して「めったにないチャンスだから！」とおおいに出演を勧《すす》めたが、ひとり榛原だけは許さなかった。

これには渡辺も反発した。

――なんでだ！　藤崎の役者としてのキャリアを考えたら、絶対チャンスだ！

――こっちの再演はどうなる。

榛原は今度の再演前に、さらなる課題を藤崎に突きつけるつもりでいたのだ。他の舞台に出ていたら、嫌でも稽古時間が削《けず》られる。渡辺は食い下がった。藤崎はオリジナルキャストということで、今回は役を交替させればいいじゃないか。それより役者としてのチャンスを生かさせてやれよ！　だが榛原は頑《がん》として退《ひ》かなかった。看板役者をとられるのを渋《しぶ》ったわけではない。純粋に自分たちの芝居の完成を邪魔されるのを嫌がったのだ。

――辞退するよ。

藤崎は迷わず『榛原』をとった。

――俺は榛原が生み出すものを、完成させてみたい。

舞台にかける思いは、生半可《なまはんか》ではなかった。

藤崎は舞台に命をぶつけていた。

命を削《けず》るなんて生易《なまやさ》しいものではない。砕《くだ》くのだ。一舞台一舞台が燃え尽きるようだった。

特に『メデュウサ』は再演ごとに凄味《すごみ》を増していった。

絶唱するようだ。

ハミルに自分を託して、その胸の憎悪《ぞうお》も屈辱《くつじょく》も悲しみも力《エネルギー》に換えて。もう次の舞台などないように。これが最期の舞台のように。

——舞台に立つと、命が燃えあがるような感じがするんだ。

藤崎はそう言ってライトを浴びていた。

——この場所はおれを許してくれる。

ここが自分の生きる場所だ、と藤崎は謳歌《おうか》していたのかもしれない。

運命に受け身でありつづけた二十年間。決して家族に恵まれたとは言えない彼が、体の奥に溜《た》め続けていた心のエネルギーは、そのまま舞台での表現のエネルギーとなった。

厳しい稽古に鍛《きた》えあげられて藤崎の演技は格段にスキルアップし、どんどん研《と》ぎ澄《す》まされた。それでも榛原の要求は止まらない。稽古は相変わらず、時に奇行じみていて、部外者には狂気の沙汰《さた》と思われることもしばしばだ。ハミルの官能表現が物足りない、と言って榛原が全キャスト環視《かんし》の中、藤崎にマスターベーションを強《し》いたこともあった。

看板役者のプライドもあったろうに。青ざめながらも、しかし藤崎は要求に応じた。全キャスト全スタッフが息を呑んで見守る中、藤崎は本当にマスターベーションをしてのけたのだ。

羞恥心《しゅうちしん》はやがて倒錯《とうさく》的な快感を呼び起こし、官能となって全身から立ち上る姿は、まさにエロスの骨頂《こっちょう》だった。たまらず勃起《ぼっき》してトイレに駆け込むスタッフが何人もいた。榛原は腕組みしながら、厳しい顔で終始見つめていた。

思うに、藤崎だけが榛原に答えうるだけの狂気を持っていたのだ。藤崎は、舞台の上で思うさま狂った。時に壮絶に、時に滑稽《こっけい》に、ありとあらゆる感情をのせまくった。

演じるとは狂うことなんだろうか。

藤崎を観ていると、そんな気がしてくる。彼が舞台にぶつけていたのは、最初は父親への憎悪だったかもしれない。母親への恨みだったかもしれない。だが演じるうちに生々しい感情は濾過《ろか》されて、いつしか純粋なエネルギーだけが残っていく。

気がつくと、渡辺は藤崎の演技を観るたび涙を流すようになっていた。

魂《たましい》が演じている——そう思った。

藤崎は裸だった。彼の演技はいつも裸の演技だった。服を着重ねていくのではない。体の芯《しん》から変貌していく、そういう演技だった。

——この場所は俺を許してくれる。

その全《すべ》てを受け入れてくれる。温かい拍手に包まれると、まるで自分の命を祝福されているように思えてくるのだ、と藤崎は語った。どんな神様もこれほどの祝福は与えてくれない。舞台という光の溢れるその場所でだけ、自分は自分の存在が許されるのを感じることができる。

――……生まれてきて、よかった……。

藤崎の演技には彼の痛みも悲しみも喜びも、全てがこもっていた。命を燃やすというのは、そういうことなのかもしれない。

その命の力を感じたのは、自分だけではなかったろう。

あれは『メデュウサ』の東京公演の夜だった。忘れられない光景が、渡辺の瞼《まぶた》には焼き付いている。

蒸《む》し暑い夏の夜だった。終演後の劇場の玄関前でのことだった。外は夕立が降り出していた。稲光《いなびかり》が時折、電車の高架橋の上あたりに閃《ひらめ》いていた。傘のない客が足早に駅へと散っていく。いつものように玄関先で、頭を下げながら客を見送っていた渡辺の眼《め》に、ひとりずぶ濡《ぬ》れになりながら、外の壁に凭《もた》れている若者の姿が映った。

容赦《ようしゃ》なく降り注ぐ雨を頭から浴びて、若者は天を仰《あお》いでいた。

雨に打たれながら、祈るように天を仰いでいた。

手にはチケットを握っている。いましがた劇場から出ていった客だとわかった。白いシャツを着た二十歳くらいの若者だ。背が高く、端正《たんせい》な顔立ちは役者だろうか。

下北沢《しもきたざわ》の街角の汚れた壁に凭れて、彼は何時間もそうしていた。劇場の明かりが消えて、楽屋口から役者が出ていった後も、彼はそうしていた。涙を流しているようだった。

その若者も『メデュウサ』の衝撃に打たれたひとりに違いなかった。

名も知らぬその若者を、渡辺は抱きしめてやりたいと思った。その涙、自分なら共有できる。誰よりもわかる。

ひとつのものに、自らの持つなにもかもを注ぎ込もうとする人間の姿は切なすぎる。どこまでも真摯《しんし》な叫びを聞くと、人は天を仰ぐしかなくなる。

胸が締め付けられるような――……。

藤崎の演技は、彼の生命の炎そのものだった。

だが彼を「許してくれる場所」は、いつしか彼を追い詰める場所へと変貌していく。

*

思えば、そのころが榛原と藤崎の蜜月《みつげつ》だったのかもしれない。

時間の流れは、いつまでも彼らを同じ場所には置いておかなかった。

『メデュウサ』の初演から七年が経《た》とうとしていた。

榛原はいよいよ名実共に「演劇界の旗手」として、その名を轟《とどろ》かせるようになっていた。彼の影響は演劇界のみならず、その周辺にも及んで数々の模倣者《エピゴーネン》を生み、「榛原的な」は時代のキーワードとして、ひとつのカルチャーを生み出すほどに至っていた。

劇作はすでにこの時（未上演を含め）十一作を数え、その第五作目には『赤の神紋《しんもん》』の旧作《プロトピース》が名を連ねていたが、これは戯曲のみが或る演劇雑誌に掲載されたため幻の作品と呼ばれた。（後に発表する真作『赤の神紋』は実質的には十二作目にあたる。〈天才と凡才の対決〉のモチーフは旧作では描かれておらず、当初は原稿用紙四十枚ほどの小品であった。それが大幅な加筆によって上演時間三時間近い大作に生まれ変わるのである）

芝居のほうは、劇団という形を離れ、スポンサーをつけて、プロの役者らが出演するプロデュース公演を行うようになっていた。渡辺とともに、演劇研究と俳優養成を目的としたクレセント・カンパニーを立ち上げたのもこの頃で、その活動も軌道に乗り始めていた。

かたや藤崎晃一の活躍もめざましく、その後、映画出演や榛原以外の演出家の舞台に立つなどして活動の場を確実に広げていった彼は、各所で高い評価を受けるようになっていた。

そんな中、四年ぶりに『メデュウサ』の再演が決まったのである。

榛原は新演出に挑むと発表した。人気最高潮の演出家の満を持しての再演に、世間の注目は集まった。チケットは即日完売する勢いだ。メディアも一斉《いっせい》に注目し、その夏の演劇界の話題をさらった。

この四年間で、それぞれに世界を広げて多くの刺激を受け、大きく成長した榛原と藤崎だ。その彼らが再び結集して『メデュウサ』に挑む。渡辺には成功への絶対の自信があった。ひとつの場所には留《とど》まっていられない彼らだ。きっと新たに生まれ変わった『メデュウサ』を目撃できるに違いない。

藤崎は二十五歳。主人公・ハミルの年齢に追いついていた。妖艶《ようえん》さの中にも、男の色気が滲《にじ》んできて、ハミルを演じるには最高の時機と言える。

一方の榛原は、演出の場数を踏むにつれて、構成力も指導力もテクニックもすこぶる進化を遂げていた。役者やスタッフに要求する内容も、初演の比ではなくなってきている。勉強家なうえに、どんどん研《と》ぎ澄まされていく感性は留まるところを知らない。今までは気にならなかった部分にも徹底的にこだわり、改造のメスを入れてきた。

榛原はこれまでの藤崎のハミルに、決して満足していたわけではなかった。その満足いかない部分を、今度こそ完成させるつもりでいる。対する藤崎も、ハミルを演じきれるのは自分だけだと人前で断言するほど、その思い入れは深く、意欲において榛原に負けてはいない。その藤崎も今回こそハミルを極めたいとして、再演の稽古に臨んだ。

だがそうして芝居をとことん追究するにつれて、榛原と藤崎それぞれに描くハミル像のズレが浮き彫りになってきた。やがて本格的な稽古に入るとそれは決定的になり、大きな壁として立ちはだかったのである。

双方妥協できない性分《しょうぶん》だけに、衝突は当人たちを激しく削っていった。

藤崎はハミルに自己を委託《いたく》するあまり、いつしか「本来他人である」劇中の人格を自分自身に引き寄せすぎてしまったに違いない。書いた本人よりも自分の方が理解していると思いこんでいるらしく、榛原の駄目出しにも応じようとしない。

藤崎の解釈と榛原の意図の間に生じたズレは、もう補正がきかないところまで来ていた。特に実父エドワードへの感情に関して、藤崎は猛烈《もうれつ》に抵抗していた。最終的には「ハミルのエドワードへの欲望」まで描き切ろうとしていた榛原に対して、藤崎はそれだけはできないと猛反発していたのである。

演出家と役者の間で、役の解釈が違うのは常にあり得ることだ。しかし榛原は作者本人である。作者の意図を役者が「違う」とは言えない。それは鉄則だ。芝居の根本を侵《おか》すことになるからだ。だが藤崎は抵抗した。そういうハミルは演じられない、と猛反発した。

――馬鹿なことを言うな！

榛原は恫喝《どうかつ》した。

――おまえはハミル役だがハミル本人じゃない。間違えるな！　おまえは役者だ。思い入れにしがみつきすぎたら、ひとつの演技しかできなくなる。役者はひとつの役に対して最低でも五十の表現ができなければならない。要求に応《こた》えるのが役者だろう！

そうやって榛原が言えば言うほど、頭を押さえつけられたと思うのか、藤崎は猛反発した。今までにない衝突だった。稽古場は、渡辺が不安になるほど険悪な空気に包まれた。

藤崎にとって、エドワードとハミルの関係は、自分と父親の関係だった。憎悪こそあれ、欲望など抱けるわけがない。エドワードに欲情するハミルなど、この体で表現できるはずがない……！

これだけではなかった。藤崎の演技にも異変が生じていた。それまでの「燃え尽きるような」情念の演技が急になりをひそめ、当たり障《さわ》りのなさのようなものが目に付くようになってきていた。

恋人ができた。藤崎にとっては幸福な恋愛だった。二十五年にしてようやく訪れた、穏やかな、満ち足りた時間を藤崎は彼女から得ることができたのだ。その「満ち足りた」気持ちが演技から「鬼気迫る」ものを消していってしまったのである。

榛原にはそれが許せなかったようだ。どんな言葉で言ったかはわからないが「別れろ」と藤崎に迫ったらしい。藤崎はますます反発した。

そんなことまで、指図されたくない。

演劇のことと彼女のことは、まったく関係ない！

だが榛原はそうは見なかった。藤崎に言っても聞かないとみると、榛原は直接彼女のもとへ押しかけ「別れるよう」半ば脅迫《きょうはく》したという。それを知った藤崎はますます憤慨《ふんがい》した。両者の溝は深まったが、藤崎自身、自分の演技にかつての情念がなくなったことを自覚して、思い悩んでいたのである。

もうひとつ理由があった。この年、藤崎はようやく母親と再会を果たしていた。十数年ぶりに戻ってきた母親は、藤崎に和解を申し入れ、断ち切れていた親子の絆《きずな》を取り戻すことで、藤崎の胸にこごっていた気持ちは次第に氷解《ひょうかい》していったのだ。だがそれらの幸福な出来事は、藤崎の表現のエネルギーとなっていた情念を、失わせることになってしまった。

——幸福になってしまった人の表現には、もう人を動かす力はないんだよ。

それはいつか、銀座《ぎんざ》の画廊に、或る画家の回顧《かいこ》展を観に行った時の藤崎の言葉だった。気圧《けお》されるほど緻密《ちみつ》な画風が、ある年を境に柔らかな優しい画風へと変わっていったのを不思議に思った藤崎が、画廊のオーナーに尋ねたところ、五十年近く恵まれぬ暮らしを強いられてきた画家はその年、ようやく理解者を得て温かい家庭を持ったのだという。優しい画風は見る者のこころを和ませたが、かつてのように魂を鷲掴《わしづか》む迫力はなくなっていた。

幸福とは「満ち足りた者」という意味だった。満ち足りて、飢《う》えることも叫ぶことも吐き出すことも必要なくなった者。本人は満たされたのだからそれで充分なのだろう。絵に力なんてなくなったって。……でも自分は可哀相《かわいそう》だと思う。表現者として可哀相だと思う。そう言った藤崎自身が「幸福」に満たされて、「魂を鷲掴む」力を失いつつあった。

榛原の演出が高度になるにつれて、藤崎には自分の実力がそこに追いついていかない焦《あせ》りが生じていたようだった。榛原に応えたい気持ちは誰よりも強かった藤崎だから、彼はあの時、猛烈な板挟みにあっていたに違いない。

榛原はそんな藤崎の苦しみを、知っていながら容赦《ようしゃ》なく要求してくる。おまえならできるだろう。できるはずだ！　完成を目指したい。俺の世界を体現できるのはおまえしかいない。おまえならできる。必ずできる！　生み出そう、藤崎。一緒に生み出そう！　逃げ場はなかった。表現できないからと言って降板することもできなかった。そんなことは自分の気持ちが許さない。ハミルを演じられるのは自分だけだ。他人にハミルをとられるなんて、冗談じゃない。ハミルは俺の役だ。石にかじりついてでもこの役だけは渡せない！

居残っての二人だけの稽古がこんなに苦痛と思ったのは初めてだった。榛原がぶつけてくる要求をこんなに息苦しく思ったことも今までなかった。幼い頃から服従を強いてきた父親に榛原が重なった。どうしてそう思うのか藤崎にもわからなかった。ふたりは、共にひとつの表現を目指す同志じゃなかったのか。半身ではなかったのか。いいや、気持ちは変わってはいない。榛原の表現をこの肉体で完成させたい……！

榛原が追求するものを、求めてくるままに体現したい。だが心と体はその表現を拒《こば》んでいく。榛原が求めるレベルに達せない、ハミルの気持ちは譲れない、信念は妥協できない、衰《おとろ》えていく情熱、枯渇《こかつ》していく表現力、焦り・もどかしさ・周囲の期待・迫ってくる初日――。追い込まれ追い詰められて、それらが頂点に達したとき……、

悲劇は口を開けた。

――俺はおまえの人形じゃない……！

最後の稽古の日、藤崎はそう叫んで稽古場を飛び出していってしまった。いつしか演出家である榛原をたてて「さん」付けで呼んでいた藤崎が、全てかなぐり捨てて叫んだ言葉が決別の

言葉となった。

翌日の稽古に、藤崎は姿を現さなかった。

やむなく藤崎なしで稽古を続けたが、終了した後も藤崎は現れなかった。それでも榛原は待ち続けた。一晩中、待ち続けた。

未明のことだった。

藤崎晃一が列車に飛び込んだ、との知らせが入ったのは。

*

一命をとりとめたのは、
奇蹟《きせき》だった。
だが、両脚大腿部《だいたいぶ》を切断した。
知らせを聞いて、榛原と渡辺が病院に駆け付けたとき、
藤崎は物々しい医療機械に囲まれて眠っていた。
安らかに眠っているのだと思った。
眼の端に、涙のあとを見つけるまでは……。

榛原は、怒鳴ることも叫ぶこともなかった。まして泣き叫ぶことも。

静かな表情で、藤崎の寝顔を見つめていた。

その太股《ふともも》から先の脚はもう、ない。

車輪に轢《ひ》かれて切断した脚は、再接着はできないのだと医師は言った。下肢《かし》切断の場合は機能的回復が難しいからだという。

医師の説明を頭の遠いところで聞きながら、渡辺も立ち尽くしていた。

悪夢であってほしかった。

そう願う渡辺のかたわらで、
榛原は見つめ続けていた。

いつか母親の病院で見たときのように、淡々と現実を受け止める眼差《まなざ》しがあるだけだった。

榛原は無言だった。


その日の稽古で、榛原はカンパニーの皆に藤崎の事故を伝えた。

そして、公演中止の決定を下した……。

もう初日まで幾《いく》らもなかったので、代役を立てて上演しては、との話もあがったが、榛原の心はすでに決まっているようだった。莫大《ばくだい》なキャンセル費用もその後の騒ぎも、榛原の心を動かすことはなかった。

榛原の中で『メデュウサ』は――……終わったのだ。

皆が解散していった稽古場に、ひとり残った榛原は、つい昨日まで激しい稽古が行われていたフロアの真ん中に枯木《こぼく》のように立っていた。

こちらに背を向けて、長いこと佇《たたず》んでいた。

衝突も怒鳴りあいも、全てが幻《まぼろし》だったかのように、静かな夜だった。

榛原は、涙を見せたことはない。母親が死んだ時も、一滴の涙も見せなかった。

だがこの時、渡辺は見たのだ。榛原の背中が泣いていた。肩が震えていた。嗚咽《おえつ》の声も漏《も》らすことなく、涙を流している気配が、渡辺には伝わってきたのだ。

榛原が、泣いている。

あの榛原が泣いている……。

藤崎を追い詰めたことへの、後悔の涙だったのだろうか。

それとも舞台が完成をみずに終わったことへの無念の涙だったのだろうか。

渡辺には答えがわかっていた。

榛原憂月の涙を「みた」のは、世界でただひとり、この自分だけだろう……。

＊

両脚を失うという痛ましい形で、役者生命を断った藤崎は……、その後、故郷・宮崎に戻っていった。恋人の介護を受けながら、今は静かな生活を淡々と送っているという。

もう何年も連絡をとっていないが、一年ほど前に彼の恋人から手紙が来た。

あれ以来、藤崎は演劇というものからは完全に離れ、芝居はおろかテレビすら見ず、海ばかりをみて過ごしているらしい……。


——どうして俺は演じるんだろう……。


それは最後の『メデュウサ』の稽古のさなか、藤崎が渡辺に呟いた言葉だった。

こんなに苦しい思いをして、なぜ演じるんだろう。

——演じられない……！　昔みたいに狂ってしまうことが出来ない！

涙を流しながら、藤崎はコンクリートに拳《こぶし》を何度も何度も叩きつけていた。焦《あせ》りでどうにかなりかけながら、藤崎は燃え上がらない自分の命を呪《のろ》っていた。

藤崎が辿《たど》ったその道は……。

自らのトラウマや抑圧《よくあつ》された気持ちを表現のエネルギーとする人間の、避けられぬ宿命だったのかもしれない。

なにを表現の原動力にするかは、きっと、ひとによってちがうのだろう。

だが藤崎にとっては、痛みこそがエネルギーだったのだ。

父親から服従を強いられてきた半生。理不尽《りふじん》に埋め尽くされてきた家庭。うめきと悲鳴こそがかれの表現の泉だったに違いない。

だがそんな藤崎にも、新しい世界を見つけた興奮と喜びを体中で表していた頃があったのだ。その喜びをエネルギーにしていた頃があったのだ。幸福を表現の力にすることはできなかったのか。抑圧され、満たされることない心の叫びだけが、人の心を動かす力を生むだなんて……。

認めたくなかった。真実だとしても、渡辺は認めたくなかった。

だって藤崎……。人の言葉の中で、悲鳴がなにより純粋で真摯《しんし》な表現であるなんて、そんなこと当たり前じゃないか。おまえは自らの存在を受け入れてくれるものを舞台に求めていたのかも知れない。燃え尽きる演技をすることだけが、それだけが自分の存在価値だと思いこんでしまったのかもしれない。だけど、表現欲が枯《か》れたからって、絶望なんてすることはない。悲鳴だけが人の声じゃないように、おまえはきっといくらだって、心の中に表現の種を見つけていけたはずなのに。

新しい自分を、舞台のうえで見つけていけたはずなのに。

――舞台って……すごいところですね。こんなの初めてだ。

あの日以来、渡辺は幻を思い描くようになった。初めて立つ舞台で目を輝かせていた藤崎の言葉が耳に残ってつらかった。誰もいない、ライトもない、暗いカラ舞台を、客席から眺めていると、藤崎の姿を舞台に思い描いてしまう。

あの時の、赤子のように無垢《むく》に輝く眼差し。

おまえが「魂の演技」と心中したとは……俺は思わない、藤崎。

榛原の涙は、おまえの途切れてしまった歌声のために流されたのだと信じる。

時は流れ、藤崎晃一のハミルは、いつしか記憶の存在となり、

やがて演劇界の「伝説」と呼ばれるようになっていった……。

SCENE.5 Fire Flies

舞台では「ハミル」から素顔に戻った葛川蛍《かずらがわけい》が、カーテンコールの拍手《はくしゅ》の嵐に応《こた》えていた。

客席は興奮している。渡辺《わたなべ》の隣の客は立ち上がっていた。終演を迎えた『メデュウサ』。小さな劇場は、割れんばかりの拍手と歓声で否《いや》が応《おう》にも熱気に包まれた。演じ終えた葛川は首筋に汗を光らせて、満面笑顔で劇団員と何度も何度も深々と頭をさげている。

「黒髪のハミル」の素顔に、渡辺はとどめをさされた。

なんて屈託《くったく》なく笑うのだろう。

演技中はとても十代には見えなかったが、素顔の彼はなるほど、まだ笑顔にいくらか幼《おさな》さを残した正真正銘の十八歳だった。若々しい笑顔はいまにも弾《はじ》けそうだ。

この若さであのサディズムとマゾヒズムの演技は尋常《じんじょう》ではない。悪魔のような冷笑を浮かべた顔は、見事に破顔《はがん》して、いまは無邪気に笑っている。演技直後で目は朦朧《もうろう》としていたが、花束を受け取るころには全身で演じ遂《と》げた喜びを表していた。

眩《まぶ》しいほどの笑顔は希望に溢《あふ》れていて、自分の未来をなんら疑いなく信じている者の輝きに満ちている。

渡辺は拍手も忘れて、そんな葛川を眩しげに見つめている。

この切なさはなんだろう。

〃燃え尽きるように演じる——……〃

そんな葛川に藤崎《ふじさき》を重ねていた渡辺は、心のどこかで願うのだ。どうか君は藤崎にはならないでくれ。藤崎とよく似た炎をその身の内に抱えているだろう君だから、二人目の藤崎にはならないでくれ、どうか。

君ならば、できるだろうか。藤崎が越えられなかったものを越えることができるだろうか。その希望に満ちた情熱の力で、彼らが悲劇に呑《の》み込まれずに済んだだろう未来の有り様を、俺たちに提示してほしい。

この舞台の上で、藤崎の痛みを……。

君ならば。


終演後の客席に、もう榛原《はいばら》の姿はなかった。終幕後カーテンコールを待たずに帰ったのだろう。何しろニューヨークからの一時帰国で、予定はぎっしり詰《つ》まっている榛原だ。せっかく同じ劇場にいたのだから声くらいかけてから帰ればいいのに。渡辺は友を詰《なじ》った。

榛原は葛川の「ハミル」を観て、どう思っただろう。

一言訊《き》いておきたかった。

その後、シアターアークスの代表を務める榊原慎一《さかきばらしんいち》と挨拶《あいさつ》をかわして、玄関を出ると、外は冷たい雨が降り出していた。傘を持っていない渡辺は憂鬱《ゆううつ》げに溜息《ためいき》をついた……。タクシーで帰るか。

そう思ったときである。

雨の中に、ひとり傘もささずに立ち尽くしている男の姿が目に飛び込んできた。路上の真ん中で、雨に打たれながら天を仰いでいる男の姿に、渡辺は思わず目が釘付《くぎづ》けになってしまった。あの時と同じだ。『メデュウサ』の東京公演の時の、若者――。

顔立ちもよく似ていると思った。あの時の彼よりもずっと年上のようだったが、どこか苦しそうに天を仰いで雨に打たれている様は、別人だとは思えないほど、よく似た色彩を纏《まと》っていたのである。

だがその顔に渡辺は見覚えがあった。

連城響生《れんじようひびき》……、じゃないか？

熱田《あつた》賞作家で劇団『飛行帝国』の元・劇作家。新聞や雑誌くらいでしか顔を見たことはないが、俳優ばりの容貌《ようぼう》は一度見たら忘れられないものがあった。

榛原憂月《ゆうげつ》の模倣者《エピゴーネン》と呼ばれた男。

なんでこんなところに？

何か苦しいものを堪《こら》えるようにして俯《うつむ》いた連城は、ふとこちらの視線に気づいたのか肩越しに振り返った。

雨に濡《ぬ》れた頰《ほお》は涙を流しているように見えて、渡辺をギクリとさせた。

ほんの束《つか》の間《ま》視線があったが、向こうはこちらがクレセントカンパニーの渡辺奎吾《けいご》だとは気づかなかったに違いない。

雨の中を手負いの野犬のように去っていく背中に、酷《ひど》く胸を突くものを感じた。それはいつか藤崎が抱えていたのと同種類の空気だった。

あの男……。


この日が出会いの日であった。

今日の舞台で、榛原が自分と同じものを感じたなら、榛原は必ず動くはずだ。どんな形でかはわからないが、その「内奥《ないおう》に」藤崎の面影を持つ葛川を放っておくとは思えない。

強まる雨にアスファルトが打たれ始めた。

次々と生じては消える雨粒の円が、やがて画鋲《がびょう》のように鋭くなり、街は風に流れる水煙の幕にかき消されていく。

藤崎晃一《こういち》と葛川蛍が今後出会うことがあるかどうかはわからない。だが、もしその日が来るとしたら、きっと二人は互いに感じ取ることができるだろう。
互いにだけ共鳴しあう、我々には決して感じ取れないだろう領域にある何かを。
渡辺はいつか見た若者のように、叩きつける雨に打たれてみた。
その感じは喝采《かっさい》降り注ぐ舞台にも似ていた。

榛原憂月と葛川蛍。
見えない力で受け継がれた熱情の歴史は今、
第二章を紡《つむ》ぎ始める。

END

黒猫と大きな手

ANGLE. 1　黒猫と腕時計

知り合いに著名人がいると、意外なところでご対面してしまうものらしい。

アルバイト先の友人に紹介してもらって以来、行き付けになった下北沢《しもきたざわ》のとあるヘアサロン。他より安くて、しかもセンスがいいと評判だった。前髪が伸びすぎてうっとうしくなったので、自分で切ろうかとも思ったが、前にそうしてあまりにもガタガタにしてしまったため、担当の美容師に怒られてしまったのだ。後ろ髪もずいぶん伸びてしまったし、さっぱりしようか、と思ってバイトの帰りによってみたら、今日はなんだか混《こ》んでいた。

来ている客はほとんど茶髪だ。行くたびに、

「今日はカラーしないの？」

と必ず訊《き》かれるので、実はちょっとうっとうしい。

確かに周りを見回せば、今はみんな髪を染めているし、今時黒髪のほうが珍《めずら》しいのはよくわかる。シャンプー係の金髪美容師が色を入れたくてウズウズしているのが見て取れて、ケイはちょっとげんなりしてしまった。

担当してもらっている広川《ひろかわ》という美容師は、黒髪でもあまり重たく見えないよう、いろいろ工夫してくれるので有り難《あ がた》い。「君は目の色も黒に近いから、あんまり色を入れなくてもいいと思うよ」と賛成してくれた。なんだか免罪符《めんざいふ》をもらったようでホッとした。興味がないわけではなかったが、なにぶんにも「ビンボー」なのである。カラーリング代を払うくらいなら、オーディション費用に注《つ》ぎ込もうと思うケイだった。

「少々お待ちください」

シャンプーが済んで担当美容師が来る間、「これ読んでて」とばかりに雑誌を置いて行かれた。そのメンズファッション誌は少々大人向けでケイにはあまり興味がなかったけれど、ぼーっとしているのもなんなので、ぺらぺらと頁《ページ》をめくってみた――。

いきなり知っている顔が目に飛び込んできて、ケイの手が止まってしまった。

連城《れんじょう》　響生《ひびき》だった。

（びっくりした――……）

こいつ、いつのまにモデルなんかやりだしたんだろう、と思ったら、何かの商品の広告だった。モノクロの情感溢《あふ》れる写真だ。書斎のパソコンの前に腰掛けて画面を睨《にら》む連城響生……。そして彼の文章。端《はし》っこに商品の写真――腕時計の広告だった。

それにしても心臓に悪すぎる。

響生には密《ひそ》かにこの手の話がよく舞い込むようだった。以前にも新聞の夕刊か何かで、アルコールの広告に出ていて、びっくりした。よくある本人の文章付きの広告だ。妙なところで頑《がん》固《こ》だから、こういう広告系には興味がない、とか言って断りそうなのに、意外に出たがりなのだろうか？　「皆が思うほど小説で稼《かせ》いじゃいない」が口癖《くちぐせ》の割に広尾《ひろお》に住んだり外車に乗ったり、妙に羽振りがいいから妙だと思っていたら、つまりこういうサイドビジネスの収入があるらしい。

そうでなくても、あのビジュアルに「熱田賞作家《あつた》」という肩書き付きだ。若き文化人のイメージで、しかも顔がいいと来ては、引っ張りだこになるのもわかる気がする。

（ああ、もう絶対今度「違いのわかるなんとか」ってＣＭに出るぞ。あいつ）

担当美容師がやってきたので、ケイは慌《あわ》てて雑誌を閉じた。別に慌てなくてもよかったが、なんとなくこそばゆかったのである。

軽やかなハサミの動きに合わせて、伸びすぎた不揃《ふぞろ》いの黒髪がパサパサと床に落ちていく。クロスをかけられ、てるてるボーズのようになっている鏡の中の自分を見つめて、ホントに真っ黒な髪だな、と思った。

（やっぱ色入れてみようかな……）

「あの……」

と声をかけてみた。なに？　という顔で美容師が顔を覗《のぞ》き込んでくる。が、ケイはすぐに所持金が少なかったことに気がついた。

「あ、いえ、なんでもないっす」

(次でいっか……)

頬《ほお》にかかる髪の長さを慎重にみる美容師の真剣な目つきに、広告写真の響生の目を思い出した。手際のいいカットで十分もしないうちに出来上がりとなった。やっとさっぱりできて、満足したケイである。

帰り際に会計カウンターでその美容師から声をかけられた。

「ねえ。君、僕のカットモデルになってくれないかな」

は？　とケイは目を丸くしてしまった。広川という担当美容師はカレンダーを持ち出し、

「二月にね、うちの美容室が参加するカット・コンクールが青山《あおやま》であるんだ。僕も出場するんだけど、その時のカットモデルになってくれる人を探しててね。君、髪質もいいし、カラーリングしてないし、ちょっと使ってみたいんだけど……一緒に出てくんないかなぁ」

きょとんとしている間に、名刺とそのコンクールとやらの概要《がいよう》を記した紙を渡された。黒いエプロン姿のなかなかに男前な美容師は、本気のようで、

「もちろんその時はカット代もカラー代も全部タダ。そのかわり僕のやりたいようにやらせてもらうことになるけど、絶対に変にはしないから。それでよかったら」

タダ、という言葉に飛びつきかけたが、ぐっと呑《の》み込んで、

「……考えてみます」

と答えた。返事は急がないから、とのことで、OKだったら電話をすることになった。ケイは店を出た。外は雪が降り出しそうなほど風が冷たかった。自分の髪を指先でつまんでみた。

（カットモデルか……）

面白《おもしろ》そうだが、あんまりヤラレすぎても困る。でも全然違うイメージの自分というのも見てみたい気がしたし、なによりカット代カラー代全部タダ、というのが魅力だ。

NY《ニューヨーク》から帰ってきたばかりのケイは、いま、なんだかチャレンジ精神に溢れている。榛原憂月《はいばらゆうげつ》から言い渡された「八カ月の間に五つの役」という課題に向けて、これから取り組もうとしているところだ。とりあえず『鳩《はと》の翼《つばさ》』の次の芝居はまだ決まっていない。舞台に影響しなければ、髪型を変えても問題ないわけだし。

（この際思い切ってイメチェンも悪くないかも）

スカウトされたようで気分もよかった。

下北沢の街は相変わらず夜祭りのように賑《にぎ》やかだ。店を冷やかしつつ駅まで戻ってくると、ケイは気合いを入れ直し、久しぶりの稽古《けいこ》に向かうため切符を買った。

＊

NYから帰ってきて、久しぶりに劇団の稽古に参加したケイは、いつの間にか新人が三人も入っていて驚いた。

いつも稽古場にしている区民会館の多目的室。どこか居慣れぬ感じの見知らぬ男女はケイとあまり年が変わらないようだった。男二人に女一人。うち演劇経験者はふたり。男の役者不足でいつも悩んでいた『鳩の翼』にとっては、ありがたい入団者たちだ。和国《かずくに》が三人をケイのところにつれてきて、

「紹介する。こないだ入った新人。こっちは葛川蛍《かずらがわけい》。うちの看板役者」

三人は歓声とも感嘆ともつかない声をあげている。なんだ、この反応は？　と思っていたら、和国が耳打ちし、

「三人とも、こないだの『メデュウサ』観《み》て入団を決めたんだってさ。おまえのハミルに感動したって」

「えっ。ホントに？」

三人は憧《あこが》れの目でケイを見つめている。慣れていないので、なんだかこそばゆい。新人のうち渡瀬《わたせ》という若者は、演劇は全くの未経験で、しかもまだ高校三年生だという。

「えっ。てことは、オレよりも年下？」

学年ではケイの一個下にあたる。今まで『鳩の翼』の最年少はケイだった。つまりようやく名実ともに後輩と呼べる相手が現れたということになる。目がくりくりとしたコアラ似の若者は、ケイに憧れて演劇を始める気になったわけで、

「俺、早く葛川先輩と同じ舞台に立てるようガンバリマス」

と挨拶《あいさつ》したものだから、ケイは慌てて手を振り、

「ケイでいいよ。言いにくいし。あと〝先輩〟ってのもちょっと……」

「えっ。じゃあ〝ケイさん〟でいいですか」

いつも呼び捨てされていたケイはますますこそばゆい。

「今日、このあと新人歓迎会やるから。場所はいつものロイホで。おまえも来れるよな」

「あ……っ。でもオレ」

「今日バイト休みだろ？　みんなおまえ目当てで来てんだからさ。な？　つきあってよ」

と和国が耳打ちしてくる。新人の入団は久しぶりなので、和国も大した気の遣《つか》いようだ。稽古後は、渋谷《しぶや》で路上芝居を敢行《かんこう》しようと思っていたケイだが、……仕方がない。今日は休みにすることにした。

「じゃやオッケーな？　よーし、みんな柔軟終わったかー！　今日は無対象やるからな！」

はーい、と役者達から返事が返ってくる。ケイは慌ててストレッチを始めた。

さて、稽古が終わり、新入生歓迎会のために近くのファミレスへと移動した『鳩の翼』の面々である。一番奥の大きなテーブルをふたつ陣取って、歓迎会は和気藹々《あいあい》、盛り上がった。

いつしか話題はケイがNYに行ってきた話になった。

「えーっ！　ケイさん、NYまで行って『メデュウサ』観て来たんですかーっ！」

　と大げさに驚いたのは新人のコアラ似少年・渡瀬裕一《ゆういち》だった。

「お金持ちなんですねー……」

「違う違う。自分の金でなんか、とてもじゃないけど行けないよ」

「えっ？　じゃあ親に金出してもらって？」

「ケイはねー、榛原憂月に招待されたんだよ」

　三人の新人は目が点になってしまった。「こらっ」とケイが絵理《えり》を叱《しか》り、絵理が「やばい」と口を押さえたが、遅かった。榛原に招待を受けたことは、ケイは身近な人間以外には内緒にしていたのである。しかし三人の新人はすっかりたまげてしまった。

「えーっ！　あの榛原憂月にーっ！　すごいじゃないスか！」

　と店内に響き渡るほど大きな声を出されたものだから、ケイは必死に指を立てて「しーっ、しーっ」とやったので、渡瀬も自分の口を手で塞《ふさ》いだ。

「……それって、すげー気に入られたってことじゃないんスか」

「違う。本物の『メデュウサ』はそんなもんじゃないって言いたかったんだと思う。実際ハミル役の来宮《くるみや》くんは、ちょっとシャレになんないくらい凄《すご》かった。比べものになんないよ、オレなんて。みんなも観ればわかる」

「そうだ、四月の凱旋《がいせん》公演のチケとれたよ。ひとり九千円ね」

　うわ、たっけー、と団員達が悲鳴をあげている。舞台のチケットは（ピンキリだが平均すれば）映画やコンサートよりもずっと高い。役者が貧乏な理由には、実はこれもあるのだ。

「でもさ、榛原さんとは会ったんだろ？　どうだった？　なに話した？」

身を乗り出してくるのは和国だ。ケイはこの場では何となく話したくなかったので、

「そんな大したことは何も……。あ、それよりみんなに土産《みやげ》買ってきたんだ」

ケイが紙袋を開き、団員ひとりひとりに小さな袋を配って回った。中身はＮＢＡショップで買った「自由の女神」のマグネットだ。バスケットボールをシュートしている。

「これ、まとめ買いしたら空港のセキュリティーでひっかかっちゃって。空港のおばちゃんが袋開けて、見たら変なマグネットが出てきたもんだから、おばちゃん、目が点になってた」

「ああ、こりゃ確かにＸ線で見たら怪《あや》しいわ〜。ん？　まだなんか入ってるぞ。なんだ、こりゃ」

奇妙なキャンディーが入っている。

「ぎゃあああああ！」

しのぶが悲鳴をあげて倒れそうになった。なんとそのキャンディーの中には、立派なカブトムシ系のごろんとした幼虫がまるで琥珀《こはく》のように閉じこめられているのである。

「ななななな！　なんつーもん買ってくんのよーっ！」

「うっわ、なにこのキモいキャンディー」

「これ、喰《く》えってのかよ！　いらねーっ！」

ケイは皆の予想通りの反応に大喜びしている。NYのちょっとおシャレなゲテ物ショップで買った、ボイルした虫入りキャンディーだった。美しい蝶《ちょう》の標本やキーホルダーなども売っていたが、名物はこのキャンディーらしい。思わずイタズラ心を起こして買ってしまったケイであった。

「おまえ、なんだこの土産。嫌がらせかよーっ」

「この飴喰《あめく》いきった人には、オレ、ここの代金おごるっスよ」

「あっ、そんなら喰う喰う」

「マジっすかーっ！」

舞台のハミルとはまるで別人なケイを見て、新人三人はボーゼンとしている。

——もっとクールな人かと思ってたのに。

後日、ケイはそう言われてしまった。

＊

帰りにコンビニに寄って、現像に出していた写真をとってきたケイである。

アパートの部屋に戻ってストーブをつけながら、カイロがわりにしていた温かい缶の甘酒のタブをあけ、どれどれ、とさっそくできあがってきた写真をチェックしはじめた。もちろんN

Yで撮《と》ったものだ。

尤《もっと》も、旅の前半は呑気《のんき》に撮影どころではなかったので、写真の日付はみんな、旅の終わりのほうのものだ。ケイティーと撮った写真が出てきて、喜んだ。セントラルパークで撮ったやつだ。女優の卵だけあって、あらためて見てもやっぱり美人だ。ケイは「あとで焼き増しして送ってあげよう」と思いつつ、その写真をテレビの上に飾ってみた。その次の写真には響生とビィが一緒に写っている。写真は苦手だとか言って、もっぱら撮る方にまわっていた響生だが、なかなかどうして、写真の写り方はしっかり心得ているようだ。

（あたりまえか）

あれだけあちこちでプロのカメラマンに撮ってもらっていれば、嫌でも慣れるというものだろう。

普段そんなに人の顔をまじまじと見ることはないケイだが、こうして見る連城響生はやはり男前だ。女のファンが泣き出すのもわかる気がする。引き締まった顔はゆるみもたるみもなく、クールな目元は緊張感を湛《たた》えているが、全体にどこか甘いニュアンスが漂っていて、体つきの精悍《せいかん》さを裏切っている。この切れ長の瞳も思索を始めると、急に深みを帯びていくのだ。

そういえばケイは帰りの機内で初めて響生の寝顔を見てしまった。あんなドロドロの小説を書く人間は寝ているときも眉間《みけん》に皺《しわ》を寄せているかと思いきや、寝顔は驚くほど安らかで、どこか子供のようでもあり、端正な顔もその時ばかりは無防備で、思わずイタズラをしてやりたくなったくらいだ。

普段の響生は、怜悧《れいり》でおだやか、感情は抑えめで大口をあけて笑うような事は決してしない。天から真っ直ぐ音もなく降りてきて、いま爪先《つまさき》が地上についたというような、そんな立ち姿をする。肉体に鈍重さがなく、その場の空気を壊すことなくスラリと立つことができる不思議な心得を持つようだ。

そういえば水泳をやっていたと聞いた。今も時折泳いでいるらしい。たしかに、水の中を泳ぐ魚のようなしなやかさが、彼の身のこなしには見られるようだった。

(今更《いまさら》だけど……、オレなんかがつきあっていい人間じゃないんだよな)

ケイは写真を手に取った。こんな風に当たり前に肩を並べて写っているけれど、彼のファンからしてみれば、夢みたいなことなのだろう。自分だって榛原と並んで写れたら、涙が出るほど嬉《うれ》しい。なんだか申し訳ないな、と思いながら、ケイは響生に渡す写真をより分けて封筒に入れた。一応、全部見せることにして一緒にカバンにしまった。

冷めてしまった甘酒の、どろんとした舌触りを味わっているうちに、ふと響生と出会った夜のことを思い出した。響生とバイト先のバーで再会したとき「前にも見た客だ」と思ったのは、どうやら二年前の記憶のせいだったらしい。奈良《なら》の街角で、響生に目を留《と》められなければ、今の自分もないと思ったら不思議だった。

——君は歌じゃないな。

変なことを言う男だと思った。「君のは歌じゃない」の聞き間違えかと思って、ちょっとムッとしたが、あれは「歌でなく芝居をやってみろ」という意味だったのだろう。ストリートミュージシャンに芝居をやらせるなんて相当変なヤツだから、関《かか》わり合いになるまいと、あの時は逃げるように去ってしまったけれど……。

(思えば、あの時『赤の神紋《しんもん》』をやったのがキッカケだった……)

なのに響生がそのキッカケを与えた男だと、しばらく気づかなかったケイの言動には、響生もやきもきしたに違いない。王子を助けたのは自分なのに気づいてもらえない人魚姫の気持ち……といったら人魚姫がかわいそうだろうか。

(オレもホントに鈍感だからな……)

――おまえは俺だけのアクターだ。榛原には渡さない!

なぜあんなことがありながら、いまも友人をやっていられるのだろう。

響生という男に興味が湧《わ》いたせいだとケイは思った。そうでなければ、自分を監禁《かんきん》した男となんておっかなくて傍《そば》になんかいられない。覗《のぞ》いてはいけないものほど覗きたくなるものだ。

響生の榛原憂月へのこだわりに、興味を覚えたのだと思う。そこに初めて見る生き物があるとでもいうように。

自分の身にたとえ危険が及ぼうとも――いや、危険だからこそ、もっと奥まで顔を突っ込んで覗き込んでみたくなる。別にスリルを求めているわけではないけれど「危ないよ」と言われると冒険心が疼《うず》くのと同じだ。その正体をとことん突き詰めてみたくなる。

（もう充分、小説から読みとってるつもりだけど）

包み隠さず書かれた響生の文章は、大きな手がかりだ。それとも、自分は響生のことを知ろうとして、ほんとうは響生という一個の小説を読みたいのだろうか。

部屋はなかなか暖まらない。今日の冷え込みは格別だ。やっぱりこたつが欲しいな、と思いながら、ケイは布団を敷いた。あまり温かくないユニットバスで湯に浸《つ》かり、ありったけの毛布をかけて、布団の中に猫のように丸くなった。

（明日、連城んちに届けよう……）

眠りはほどなくやってきた。溶けるようにケイは寝付いてしまった。

＊

さて、その翌日のことである。

さっそく広尾《ひろお》駅まで来てしまったケイだ。

でも結局、電話は入れていない。

考えてみれば会うほどの用事でもないし、写真だけポストに入れてくれれば済む話だった。しかしビィとケイが劇場前で「役になりきって」撮った一連の写真が妙に笑えたので、やっぱり一目見せたいと思ったケイだ。

電話を入れてみた。すると響生は自宅にいた。寝ぼけたような声だった。さては寝てたな？と思って「なら、いい。大した用事じゃないから」と電話を切ろうとすると、どこにいるのかと聞いてきたので素直に「広尾」と答えた。

『……ああ、なら一緒に朝食を食べよう。坂の下のカフェで待っててくれ。十分くらいで行くから』

時計を見れば午後一時。朝食という時間ではない。これだから昼夜逆転した自由業者は……。と呆《あき》れながら、ケイは言うとおりにした。二十分ほどして響生が店にやってきた。目が腫《は》れぼったい。

「ゆうべ、奥田《おくだ》と家で朝まで飲んでたんだ」

「奥田さんとケンカでもしたの？」

「なんで」

「その傷」

響生の顔や手には派手《はで》な引っ掻《か》き傷がある。響生は途端にちょっと言いにくそうに、

「ほたるにやられた」

「ほたるに？　シャンプーでもしたとか」

「違う。昨日動物病院で」

ノミ駆除《くじょ》の注射を打ってもらってきたのだという。しかし、ほたるはとんでもないドラ猫ぶりを発揮して、診察室でさんざん逃げまくった挙句《あげく》、捕まえた響生の手だの顔だのをところかまわず引っ掻きまくって抵抗したのだ。まあ、結局捕まって注射をブスリとやられたわけだが、おかげで響生はぼろぼろだ。

「あははは。男前台無しじゃん」

「奥田にも言われた」

その奥田は、響生がしこたま買い込んできたNY土産《みやげ》の酒を一晩で全部カラにしてしまったという。とんでもない男だ。

歩いて三分とかからないこの店まで来るのに二十分もかかったのは、キチンとシャワーを浴びてきたせいだった。響生はマフィンと珈琲《コーヒー》を頼んだ。

写真は喜んでもらえたようだ。ビィとケイのなりきり写真も気に入ったらしいので、ケイはそれもあげることにした。

「そうだ、焼き増し代……」

「あ、いい、いらない」

「じゃあ、ここの珈琲おごってやる」

坂の下のオープンカフェは、響生がよく朝食を食べにくるところらしい。さすがに真冬なので開け放してはいないが、外国人が英字新聞を読んでいたりして、ここはどこの国だ、という気分になってしまう。店員も顔見知りのようだ。ハイソな生活してるなぁ、と思いながら、ガラスの向こう側の、冬の弱い日差しを受けた街路樹を見上げた。

「今日はバイトは？」

「え？　ああ、午前中で終わった。今日だけシフトが変わって。朝のヤツに急用できたから交替してくれって言われて」

「じゃあ、のんびりできるな」

「でも夕方から、ちょっとすることあって……」

渋谷で路上芝居を始めていたケイである。今日は稽古は休みだが、路上芝居を行うことに決めていた。すると響生は勘良く察してきて、

「なんだ。ひとり芝居でもするのか？」

ドキッとしたケイである。

「そ、そんな大したことじゃねーよ。ちょっとNYで刺激されただけ……」

実はセントラルパークのストリートパフォーマーを見て思いついたのである。一人芝居なら面倒な準備もいらない。場所もとらない。エチュードを見てもらうくらいの気持ちで始めたところだった。ただ、芝居の題材が、先日あの奥田が演じた『サロメ』だったので、ちょっと響生には見せづらかったのだ（奥田と比べられるのは、ちょっとツライ）。

「……それにしても、ケイはバイト経験豊富そうだな。今まで幾《いく》つぐらいやった？」

「そうだなー。奈良にいた時からやってたから」

「最初のバイトは？」

「桜井《さくらい》駅のドーナツ屋。夏休みは……奈良公園で人力車ひいた」

「人力車？」

「ああ。観光人力車。あれは大変だったなぁ。炎天下ん中、お客さん乗せてひたすら牽《ひ》くの。客引きしなきゃなんないし、あと絶対感じよくしないといけないし、観光案内もできなきゃいけないから勉強したっけ。あ、だからオレ、奈良公園はちょっとだけわかるよ。あれで結構体力ついたなぁ」

「そうか。だから、NYでも観光馬車の御者《ぎょしゃ》とあんなに意気投合したのか」

「そうかも。それから、変わったところで、メロン売りとか？」

　は？　という顔を響生はした。

「トラックにメロンいっぱい積んで、駅前とかで夜店みたいにして売んの。会社帰りのお父さんとかが結構買ってくんだよなぁ」

「ミョーなバイトがあるんだな……。他には？」

「ガソリンスタンドもやったし、ファーストフードは一通り。コンサートの場外スタッフとかも。工事現場系は体キツかったけど、おじさんとかが面白かった。バイトってさ、やり始めると結構ハマって、んじゃ次は別の職種とかどんどん転々としちゃうんだよなー…」

「世慣れてるわけだ。物怖《ものお》じしないのはそのせいか」

「あんたはどんなバイトやった?」

「そうだな。大学に入ってからは、家庭教師とか。函館《はこだて》にいるときは水泳ざんまいだったから。いや、一度だけ冬休みに五稜郭《ごりょうかく》のみやげ屋で」

「あんた客商売できんの」

「すぐに向いてないとわかってやめた」

だろうな、と思った。この男に営業スマイルは土台無理なのである。

珈琲の香りが漂ってくる。響生はいつもブラックで飲む。絵理は響生の大きな手が色っぽくていいと言っていた。同じ男であるケイにはどのへんが色っぽいのかイマイチわからなかったが、カップを持つ手つきも煙草《たばこ》を挟《はさ》む指先も、その辺の俳優よりもサマになっている。別に、誰かの視線を意識して、ということでもないらしい。

女たちは何を想像して、その手に色気を感じるのだろう。と思ったら急に心拍数があがった。

その手が自分にしたことを思いだしたのだ。

(……こういうことか……)

一度意識し始めると、止まらない。ケイは強《し》いて響生の手から目線を外した。

話題は「NY旅行を振り返る」という感じになってきた。話は弾んだ。年齢が少し離れていても盛り上がれるのは、響生が合わせてくれているからだろう。くだらない話もするが、演劇や表現に関する刺激的な話もしてくれる。響生の喋《しゃべ》りには彼独特の言い回しが随所《ずいしょ》にあって、まるで小説を聴いているみたいだ。

しかし、響生もケイも、いっこうに榛原の『メデュウサ』には触れようとしない。

なんだかだんだん自分たちが逃避しているように思えてきて、ケイは思い切って話題を振った。

「榛原さんの『メデュウサ』は」

響生がどきりとしたように顔をあげた。ケイはしばし口をつぐみ、

「いまも毎日夢に出てくる……。ハミルのことも、レオのことも、帰りの飛行機ん中でもずっと考えてた……。でもあんたが言った『演じることに正解はない』『ただ真実に限りなく近づくための方法があるだけなんだ』って言葉、すごく支えになってる」

話が演劇のことに及ぶと、響生の表情も真摯《しんし》になっていく。

響生は静かにうなずいた。

「………。そうか」

「ビィさんにあのカフェに連れてってもらえてよかった。お客さんの拍手《はくしゅ》って、本当にすごい力があるよな。すごい肯定の力だと思う」

——おまえのハミルが間違っているとは思わない。まして偽物《にせもの》だと言って否定させられるも

のでもない。

響生の言葉は嘘《うそ》ではなかった。ケイの演技を受け入れてくれた演劇カフェの仲間たち。彼らの拍手は何よりもそれを証明してくれた。

でもそれで安心してしまったわけじゃない。

「オレはまだまだ、ハミルの真実から遠かったんだと思う。降板のことや来宮君のことを思い出すと、今もまだ舞台に立つのは……怖い。どんなに確信もって演じてても、その確信自体が自分の勘違いだったらどうしよう。自分が信じられなくなってしまったら、どうしたらいいのか」

「疑心暗鬼に陥《おちい》るその気持ちは、わかる気がする。俺にもそういう時はあるから」

「あんたも？」

「ああ。小説もそうさ。自分に疑いを持ち始めたら底なし沼だ。たった一言も書けなくなる。あえて面《つら》の皮が厚くなることも、時には必要と感じることもある。演技もそうじゃないのか」

「連城……」

「おまえが感じるものに忠実であるならば、たとえ間違っていても嘘にはならない。疑いすぎて自分の心の声が聞こえなくなったら、表現者は死ぬんだ。人前で何かを発表する人間は、否定されることなんてこの先いくらでもある。今はまだ怖いだろうが、その怖さに勝てるよう……場数を踏んでいくことだ」

演じてみなければ何も始まらない。

何もないところには、肯定も否定も生まれない。

足が震えても、不安でも、迷いながらでも、とにかく舞台に立つことだ。

「おまえなら、来宮とは違うアプローチでハミルの真実に近づくことが出来ると思う。おまえの成長はこれからだ」

「あんたは……？」

とケイに切り返されて、響生は目を見開いた。ケイは傷痕《あと》にでも触れるような気持ちで、おそるおそる響生の顔を覗き込み、

「榛原さんのことは……もう？」

響生は黙り込んだ。黒い珈琲に映る自分を見つめていた。

ややして口元に微笑を浮かべ、

「……いつまでも他人に振り回されてるようじゃ仕方がないな」

「連城」

その言葉を、ケイは響生がようやく「榛原へのこだわりを乗り越えたのだ」という意味に受け止めた。

（あんたは、もう……大丈夫なんだな？）

NYで榛原のホテルに向かった響生が、どんな事を考えていたのかは、その後も結局一言も

語ってくれなかったので、憶測《おくそく》するしかないのだが、彼は彼なりの決着をつけようとしていたに違いない。でも響生は榛原に何もしなかった。何もできなかった。悪く言えば「諦《あきら》めた」のかもしれない。それでもケイはいいと思った。「自分を諦め」さえしなければ。

胸を撫《な》で下ろしたが、どこか割り切れないものが残りもした。穏やかな響生を見るのは喜ばしいことのはずなのに、それだけではない胸のもやもやにケイは気づき、これはなんなのだろう？　と奇妙に思った。自分は今、響生の前で大きく息が吸えるようになったことを喜ぶべきではないのだろうか。

だがケイはまだまだ甘かった。

そんなに簡単に終われるものでもなかった。

榛原へのこだわりにピリオドを打ったというのは、とんでもない早合点だったと、ケイは後に知るのだが……。

「そうだ。ケイ。おまえに渡したいものがあった」

マフィンを食べ終えた響生が、ナイフとフォークを皿に置いて、上着のポケットから細長い黒い箱を取り出し、ケイの前に置いた。開けてみろ、と言うので、言われたとおりにすると、中に入っていたのは——、

「腕時計？　……これ、もしかしてあの雑誌広告の？」

響生が登場するあの広告の商品だったのだ。

「広告企業《クライアント》が『普段もつけてくれたら幸いだ』と言って三種類全部くれた。こんなにあっても仕方ないから、おまえに一個やろう」

「けど、こんな高そうな時計……」

「まだおまえにはちょっと不釣り合いかも知れないが、なに、すぐ似合う年齢になるさ」

シルバーに濃い赤の文字盤の、ずっしりとしたクロノグラフだ。つけてみろ、と言われてケイはおずおず手首にはめてみた。やはりケイには高級すぎて、なんだか馴染《なじ》まない。

「ちょっとゆるいな。おまえ、手首細すぎるぞ。直してから、また渡そう」

と言って長さをはかる響生に手首を預けたまま、ケイはふと周りの視線に気づいて恥《は》ずかしくなった。男が男に物を贈るというシチュエーションは、そんなにおかしいのだろうか。

(親戚《しんせき》の従兄《いとこ》だと思えば、変でもないだろ)

そういう顔をケイはしてみた。

しかしまともに買ったら、幾らくらいするのだろう。

「どうせ貰《もら》いもんだ。気にするな」

と響生は言う。もう一個は奥田にやるのだという。そう聞いたら、ちょっとホッとした。

「けど意外だな。あんた、広告の出演なんて引き受けなさそうなのに」

「創作意欲をそそるネタなら、引き受けるさ。それに普通の原稿料とは比べものにならないくらいギャラがいいし」

「やっぱり金じゃん」

「生活費だ」

冗談なのか本気なのか、よくわからない。

珈琲を飲み終えた響生が外の日差しをみて、こんなことを言い出した。

「いい天気だな。風もないし、少し散歩でもしてみるか？」

ケイも散歩は好きだ。

ちょっとのどかな気分になって、「ああ」とケイはうなずいた。

レジで響生が会計を済ませる間、ケイはショーケースの中にあるケーキを眺めていた。甘いものは苦手だが、クランベリーがおいしそうに見えた。そんなケイの背後からカウベルの音がして、新たに客が入ってきた。

大きな書類入れを抱えているスーツ姿の女と、セーター姿のラフな恰好《かっこう》をした中年の男だ。女の方は仕事のできる感じで、スーツ姿がちょっと桜《さくら》を彷彿《ほうふつ》とした。男の方は見るからにフリーのクリエイターという感じだ。響生といい、この手の人種がこのあたりには多いのだろうか。

支払いを終えた響生がこちらを振り返った時である。

ケイの方に来ようとした響生と、入ってきた二人連れとが思わずぶつかりそうになった。

「お…っと、失礼」

肩が触れた響生とスーツ姿の女の視線が、束《つか》の間《ま》かちあった。ふたりが「あ」とも「え」ともつかぬ声をあげたのはその時だった。

「連城君」

響生も目を丸くした。

「小夜子《さよこ》……ッ」

ケイはその声で振り返った。知り合いと鉢合わせたようだ。

しかしそこから後の様子がおかしい。まず響生は女の名を呼び捨てにした。余程親しい相手でなければ下の名を呼ぶことなんてないはず。響生とその女は顔を見合わせたきり、気まずい空気になってしまった。心なしか、両方青ざめている。

幾分《いくぶん》冷静だったのは、女のほうだったようだ。

女は連れの男に「先に席の方へ」と促《うなが》してから、響生とあらためて向き合った。

「久しぶりね」

「ああ。元気そうだな」

これはどういうことだろう?

ケイはちょっと焦《あせ》ってしまった。

もしかして、昔の彼女とか、そういうやつなんだろうか。

「小説、売れてるみたいね。よく名前みかける」

「ああ」

「熱田賞もおめでとう。これで公認の仲ね」

「……そういうことになるんだろうな」

「元気で」

「君も」

ふたりがかわした会話はそれだけだった。異様に素っ気ない空気だった。ケイはこういう場にどう居合わせていいかわからず、困ってしまっている。察するに、現在も親密という雰囲気ではない。別れた二人、という空気だった。女の名は小夜子というらしい。ケイはますますドキドキしてしまった。

（しかも公認の仲って誰のことだ？）

まさか、何も言わないけれど、フィアンセでもいるのだろうか。

ケイと響生は店を出た。ケイは気になって仕方なかったが、いきなりズケズケと訊《き》くのもなんなので、黙って響生の後をついていったのだが、そのうち黙っているのも不自然に思えてきたのか、ケイは思いきって訊《たず》ねてみることにしたのだ。

「さっきの女の人、あんたの元彼女《モトカノ》？」

「そんないいもんじゃない」

響生は振り返らないまま、街路樹の下を歩きながら答える。

「──……殺した女だ」

え？

ケイは思わず聞き返してしまった。

響生の目は険しくなっている。

「俺を殺した女だ」

ANGLE. 2　黒猫とエゴイスト

「このNY《ニューヨーク》レポート、なかなかの力作じゃないか」

話はその前日に戻る。

場所は響生《ひびき》の自宅。

雑誌に入稿する前の原稿を読みながら、感心そうに言ったのは奥田《おくだ》一聖《かずきよ》である。

「あれこれあったわりには、ちゃんと見てくるもんは見てきたってわけだ」

リビングのダイニングセットに腰掛けて、奥田が読んでいたのは、響生が或《あ》る雑誌から執筆を頼まれた二十枚ほどの原稿だ。響生がNYに行くと聞き付けた雑誌編集者から依頼された。

それを聞いた桜《さくら》は「先を越された」とえらく地団駄《じだんだ》を踏んだものだ。

「NYはいま家賃高騰《こうとう》で大変なんだって？　ソーホーなんかは今じゃ高級住宅街で、昔の貧乏アーティストが住んだロフトなんかもうないんだろ？」

「アーティスト系はもうマンハッタンには住めないらしい。家賃が高すぎて。今はブルックリンの倉庫街あたりに多いらしいな」

「NYはやっぱ、きれいになりすぎても淋《さび》しいな。どっかあぶねー顔があったほうが」

「ああ。でもチャイナタウンあたりの猥雑《わいざつ》な活気《かっき》は面白《おもしろ》いし、ヴィレッジの小劇場系も元気だし、カースト・アイアンの建物も健在だった」

「くっそ。久しぶりに俺も行きたくなってきた。それで？　その派手《はで》な傷はどこでこさえてきたんだ？」

奥田に問われて、響生は急に居心地悪そうに顎《あご》のあたりを撫《な》で始める。

響生の顔や首筋には、さんざんな引っ掻《か》き傷がある。

「まさかNYでひっかけた女にやられたっていうんじゃねーだろな」

「女よりタチが悪い……」

と言って響生は部屋の隅《すみ》の黒い物体を指さした。黒い物体は、もぞり、と動いて、大きなあくびをした。

「ほたるにシャンプーする時は気をつけろって言ったじゃねーか」

「違う。これだ」

と響生が薬の袋を出して見せた。「連城《れんじょう》ほたる様」と書かれてある。その下には動物病院の名前が入っていた。

「ノミ退治の注射を受けさせに行って、このザマだ」

ぷっ、と奥田が噴き出した。経緯《いきさつ》を事細かに話すと奥田は腹を抱えて笑った。

「男前が台無しだな」

「まったく……。週末にはサイン会もあるっていうのに」

当のほたるは、呑気《のんき》に毛繕《けづくろ》いなどしている。「私を痛い目に遭《あ》わせた罰《ばつ》よ」と言いたげだ。ほたるもそろそろお年頃なので、最近はレディとして扱わないと不満のようでもある。（猫相手にどうレディ扱いすればいいかは不明なのだが……）

「ああ、それからビィがおまえによろしく伝えてくれ、だそうだ。投げキッスつきで」

途端に身をひいた奥田である。

「忘れてた。ブライアンの野郎……本拠地はNYだったな」

「あいつケイにメロメロだったよ」

「ああ、黒髪に弱いからなー。わかり易《やす》いっつーか」

と言って奥田は響生の土産《みやげ》のバーボン・ウィスキーを八角グラスに注いだ。

「黒髪に黒猫か……。共通点はどっちもドラ猫」

「その葛川《かずらがわ》はどうだったんだ？　さぞかし珍道中だったんじゃないのか？」

「そりゃあ、もう……」

旅の前半は『メデュウサ』のショックで楽しむどころではなかったNYだが、熱を出してすっきりしたあとのケイは少しずつ本調子を取り戻したようだった。

「ケイのヤツ、英語もろくに喋《しゃべ》れないくせに、妙に外人とコミュニケーションとるのがうまいんだ」

服を見たいというので店に入って、ちょっと目を離している間に、いつのまにか店員と盛り上がっていたりする。片言英語でもゼスチャーがうまいせいか、なんとなく通じてしまうものらしい。露天《ろてん》商相手に値切ってみたり、大きすぎるハンバーガーにびっくりしたり（でも平らげた）、地下鉄で迷子になりかけてみたり……。観光馬車の御者《ぎょしゃ》と意気投合してアパートに招かれたりもして、「一緒に部屋をシェアして住まないか」と誘われたものだから、その気になりかけてしまうケイを響生は慌てて連れ帰ったものだ。

旅行中はいつも以上に、実にくるくると様々な表情を見せたケイだ。響生は見ていて飽《あ》きなかった。『メデュウサ』を観た直後はどうなることかと思ったが、少なくともケイは後半NYを満喫《まんきつ》したようだ。こればかりは榛原憂月《はいばらゆうげつ》に感謝しなくてはならない……。

ユニオンスクエアで歌っていた黒人のヒップホップ・ミュージシャンと、路上でいつの間にかセッションしていた時にはたまげたが、ノリがいいというか天真爛漫《てんしんらんまん》というか。NYの水は案外ケイにあっているのかもしれない。

「ケイなら、地球上のどこででも生活していけると思ったよ」

「ははは。声でかいしな、あいつ」

物怖《ものお》じしないところが、ケイのいいところだ。響生にはちょっと真似《まね》できない。順応しやすいところとか、新しい環境を恐れないところとか、考えてみれば全部響生とは正反対だ。ちょっと妬《ねた》ましいような、羨《うらや》ましいような……複雑な響生である。

「しかし他人とはろくに旅行できない奴《やつ》が、立派だよ、連城。ケンカ別れもしないで帰ってくるなんて」

「……そうかな」

「おまえ、女とつきあってた時もそうだったじゃないか」

響生はムッとしてグラスから目を上げた。一日目はなんとかもっても、二日目になると、もう目の前に相手がいるだけでイライラしてきてしまって、結局ケンカを起こしてしまう。二、三泊でこれなのだ。長旅なんて滅相《めっそう》もない響生が、ケイとは十日間も一緒にいたのに、その手のイライラは起きなかった。

「それは相手が女じゃないからだ」

「相手が男でもそうなるじゃないか。取材旅行に行って、先に編集者だけ帰ってきたって話が何度ある？」

「…………」

確かに。

奥田の言うとおりなのである。

極端に神経質な男で、普段会う分には何でもないのだが、一緒に旅行先で何日も過ごすとなると、もう耐《た》えられない。特に、たったふたりだけで何日も、というのはほとんど拷問《ごうもん》だ。これだけ仲のいい奥田とでさえ、旅行には絶対に行けないと思っている。旅行先という、どうにも他をアテに出来ず、顔をつきあわせていなければならないシチュエーションがつらいらしい。

そんな響生が、ケイ相手に最長記録を達成した。

「部屋が一緒だったらわからないさ」

「二週間も同居してた奴がそれをいうか？」

「生活と旅行は違う」

「ちがうもんか。他人が家にいると仕事ができない、とか言ってる奴が、自分から家に呼び込むんだからな」

「あれは仕方ない。ケイには避難場所が必要だった」

「そんなもん、なにもおまえが提供することたないだろうが。葛川には劇団の連中もいるわけだし」

「…………」

またしても、響生は黙ってしまう。

響生が東京《とうきょう》の大学に進学したのも、実は家族と同居しているのがいい加減しんどかったからだ。家族とすら長く顔つき合わせていられない響生が、ケイとはそうならないというのは……考えてみれば、我ながら異常事態だ。

「……。榛原に持っていかれるかって時に、そんな細《こま》かいことにこだわっちゃいられなかったのさ」

響生はほたるを抱き上げて、チューブ入りの薬を袋から取りだした。そんな響生を奥田は、じーっと見つめている。

「……連城。おまえ、結婚とか考えることないのか?」

「ないな。おまえこそ、例の彼女はどうなったんだ」

奥田は肩を竦《すく》めて見せた。

「お互い距離があると、今まで通りにはいかないもんでな」

奥田の「彼女」は、いま海外にいる。舞台装置家を目指していて、現在イタリアのオペラ専門の舞台装置工房に弟子入りして、目下勉強中だ。お互い忙しくてろくに連絡もとれない状態らしい。

「向こうには、あっちで彼氏のひとりやふたり、できちまったかもしんねーな」

「彼女も同じことを思ってるさ。きっと」

薬をほたるの前脚に塗りつけると、ほたるは少し嫌《いや》そうな顔をしてぺろぺろと舐《な》めだした。薬が嫌いな猫も、体に塗られると「汚れた」と思って自分から舐めるようになる、と獣医が言っていたのは、本当だったらしい。響生はそんなほたるを眺めながら、

「……俺は、恋人ってやつは、もういい」

と呟《つぶや》いた。奥田が目を上げると、響生の横顔は思った以上に真顔だった。

「……どうしてだろうな。女たちはみんな、俺に小説よりも恋人《じぶん》のほうが大事だと言わせたがった。そういう女に、書きあげたばかりの原稿のデータをみんな消されたこともあった。『自分と小説とどっちが大事だ』なんて常套句《じょうとうく》みたいに訊《き》いてきた。そんなもの小説に決まってる」

「心で思ってても、普通ハッキリは言わないもんだ」

「小説よりおまえが大事だ、と言ったら満足するのか？　馬鹿《ばか》げてる。俺は金が欲しくて小説を書いてるわけじゃない。小説を書くのは、俺の心臓が動く理由だ。心臓を止めろと言ってるのと同じじゃないか。原稿を全部消された時、相手に『理解してくれ』と言われた。理解なんてできるわけがない。しようとも思わない。そんなことする人間の何を理解しろって言うんだ。俺を殺したんだ。殺した人間に理解なんて寄せられるわけがない」

一気に言って、響生は大きく吐息《といき》をついた。

「あれ以来、そういうことを訊いてくる人間は相手にしないことにした。そんなものを比べさせられるくらいなら、独《ひと》りでいたほうがマシだ。恋愛至上主義とやらの甘ったるい空気も、もううんざりだ」

「わかったわかった。おまえ、もう彼女つくんな。相手がかわいそうだ」

「だから、もういい」

「そういうあんまり一般的でない物の考え方してっと、小説売れなくなるぞ」

余計なお世話だ、と響生は呟いた。奥田はグラスにミネラルウォーターを注ぎ、

「おまえ恋愛には懲《こ》りたとか言ってっけど、みんな大なり小なりそういうことはあるんじゃないのか。そういう面倒くさいことに折り合いをつけて、やっとつきあってるって言えるんだろ。おまえは切り捨てるのが早いだけだ。大体おまえだって始めは相手が好きだったんだろう？　まさか全部言い寄られたからってパターンか？　自分から告白《コク》ったことはねーのか」

「あるさ」

「自分からコクっといて、自分から振るのか。サイテーだな」

「なんとでも言え」

「要するに熱しやすく冷めやすいってヤツだな」

「ちがう。……こっちが惚《ほ》れたからって、人の領域に土足で踏み込んでいいってことにはならないだけだ」

奥田は目を瞬《しばたた》いた。響生はいまいましそうに、

「恋人だからって何でも許されるわけじゃない。俺は心の中の何もかもに相手を迎えいれるような、そんな熱愛ができるタイプじゃない」

「それはよくわかる。おまえは根が自己愛者だ。そこまで迎え入れられる相手が現れれば奇跡《きせき》ってとこだろ。逆に言えば、そういう人間が現れるなら、別に恋人と呼べなくてもいいわけ

だ」

　響生はふとほたるを抱いたまま、目を見開いた。ほたるがその手から擦《す》り抜けるように飛び降りた。

「いい加減気づけよ」

と言いながら、奥田がマドラーをグラスに突っ込み、カラカラと音を立ててかきまぜる。

「おまえは自分の利己主義《エゴイズム》で行動しているつもりだろうが、端《はた》から見ると、全くそうは見えないんだよ」

「なんのことだ」

「葛川のこと」

　響生はふと息を止めた。

「俺にはおまえが、自分の真情をエゴイズムって言葉で誤魔化《ごまか》そうとしてるように見えるけどな」

「真情？　俺の真情ってなんだ？　俺はケイに自分の戯曲を演じさせたいだけだ。演じさせたい欲望があるだけだ。だからケイの味方にもなるし、ケイを匿《かくま》いもする。こんな打算がエゴイズムでないなんて思えば、それこそ傲慢《ごうまん》以外のなんでもない。俺は自分に勘違いしたくない」

「そういうところが傲慢なんだよ」

「なんだと」

「勘違いしたくないだなんてカッコつけやがって。おおいに勘違いすりゃいーじゃねーか。おまえは自分で思ってるより、はるかに愛情深いやつだよ」

「ちがう」

「偽悪《ぎあく》を通せばなんかの責任から逃れられるとでも思うのか？　おまえは肝心なところで相手を逃がしてやるんだ。肝心なところで本音抑え込んで、最後には相手を見送ってやるんだ。結局相手を思って自分が身を退《ひ》く。そういうやつだよ」

「……やめてくれ」

響生は顔を背《そむ》けた。

「俺はそんな人間には、なりたくないんだ」

マドラーをふと止めて、奥田がしばし真面目《まじめ》な顔で響生を見た。

「………。榛原憂月だったら、たとえおまえと同じ事をやらかしても、葛川を最後まで監禁して舞台には行かせなかったろうよ」

目を剝《む》いた響生だ。

「おまえと榛原の違いは、きっとそこだな」

苦しそうな目で響生が奥田を凝視している。すると奥田は不意に笑い、

「でも俺はそういうおまえのほうが好きだよ」

響生は複雑な表情になってしまう。慰《なぐさ》められたようでもあり、なんの慰めにもなっていない

ようでもあった。

「まあ、なんにしろ、おまえみたいな一筋縄でいかない物書きに、世間一般の恋愛感情求めるほうが間違いなんだよ。おまえらしくて面白ぇや。エゴイストおおいにけっこう」

奥田は響生の土産のバーボンの水割りを一気に飲み干した。

「物書きは、エゴイストでナルシストでなんぼってもんだ。そうじゃない表現屋なんて政治家にでもなってくれっていうんだ。人格破綻《はたん》してないやつに表現屋なんてつとまっか」

「お、おい奥田……」

「他者愛に目覚めた表現屋なんてゾッとする！　まともな一般常識野郎の固〜い頭で、おキレイな道徳劇でもやってろってんだ！　俺はいま、モラルの崩壊《ほうかい》した芝居を書きたい！」

「おまえ、ひとりで一本開ける気かッ。高かったんだぞ」

「けちなこと言うな。まあ、聴けよ。俺の次の芝居の構想はな……！」

奥田が目をきらきらさせて身を乗り出してくる。土産の酒はこの分では今夜一晩で全部なくなりそうだ。

毛繕いを終えたほたるは、あくびをしながら寝床に戻っていった。

＊

さて、そんなやりとりがあった翌日のことである。

二日酔い気味で『飛行帝国』の稽古《けいこ》場にやってきて、フルコースで稽古を終えた奥田のもとに、いきなりケイが押し掛けてきた。

「奥田さん！　連城はちゃんと警察に行ったんですか！」

はあ？　と思った奥田である。

ケイはNYの土産を渡すのもそこそこに、まくしたててくる。その内容はこうだ。

今日響生と会っていて昔の恋人と思われる人と会った。響生には熱田賞をとったら結婚できるっていう女の人がいたらしくて、しかもその「昔の恋人」はどうやら響生が殺してしまったらしい。つまり幽霊に遭《あ》ってしまったのだ。響生を恨《うら》んで出てきたのかもしれない。どうしようッ！　連城、警察には行ったんですか。奥田さんは知ってたんですか！

ますます首を傾《かし》げた奥田である。奥田は興奮しまくるケイの肩を叩《たた》いてとりあえず落ち着かせ、一から経緯《いきさつ》を語らせてみた。女の名を聞いたところで、ようやく察した奥田である。

「小夜子《さよこ》……？　ああ、わかった」

奥田は改《あらた》めてケイに問いただした。

「連城のヤツ〝俺が殺した〟って確かにそう言ったのか？」

「え……つーか最初聞き間違えて」

「聞き間違えて？」

「最初は『俺を』って聞こえて……」

「『俺を殺した』って言ったんじゃないのか」

ケイはきょとんとした。……そう！　そう聞こえました。

「でも連城は生きてるし……。まさか！　あの女の人に殺されかけたって意味？」

「おまえ、土曜ワイド劇場の見すぎだ」

ケイはどう解釈したらいいのかわからず、まだ呆然《ぼうぜん》としている。奥田はケイの早とちりに呆《あき》れながら、周りを見回した。まだ劇団の連中がガヤガヤやっていて、ここで話すのはなんだか気まずかった。奥田は魔法瓶《びん》に淹《い》れたての熱い珈琲《コーヒー》を注ぐと、それをケイに渡して階段のほうへと向かった。

「婚約者の話はよくわかんねーが……小夜子の話なら知ってる。こんなとこじゃなんだから、来いよ。ちゃんと知りたいんだろ」

奥田は親切にも小夜子と響生の関係を話してくれるらしい。

ケイはついていった。がちゃがちゃした物置のような階段を昇って屋上へのドアを開けると、急に冷たい風が吹き込んできた。西荻窪《にしおぎくぼ》の住宅街の真ん中。夜空には星がふたつ、刺《さ》すように輝いている。稽古場の屋上にはろくに誰も面倒を見ていなさそうなプランターが並び、芝居道具とおぼしき大きな鉄の塊《かたまり》がオブジェのごとく置かれてあった。ここで大道具制作もするのか、床はところどころペンキで汚れている。

風は凍《い》てついていた。奥田は壁際にある舞台セット用のベンチに腰掛けて、ケイを横に座らせた。魔法瓶の蓋《ふた》をカップにして、そこに熱い珈琲を注いでやった。

「その小夜子って女は、連城が大学時代につきあってた彼女だ。もちろん、とうの昔に別れたけどな」

ケイは湯気の向こうから、目を見開いて奥田を見つめてきた。

初めて聞く響生の過去話だ。

「……でも、あんまりまともな恋愛じゃなかった。あれはあいつが一番苦しんでた時期だ。榛原憂月に影響受けて、模倣《もほう》小説を書いて大騒ぎになってから、作家としてどうしていいかわからずもがいてた頃だった。一時期は全然文章も書けないくらいだったんだ。劇作をやって、ようやく小説らしきものも書けるようになってきた頃だった」

奥田はそのころの響生の荒《すさ》んだ面差《おもざ》しを思い出していた。

「はっきり言ってまともに恋愛なんかできる頭じゃなかったんだ。何もかも荒《すさ》みまくってた。誰もがやめろと言ったよ。小夜子本人にも。小夜子は、そのときすでに留年してた連城の同じゼミの学生で、半分押し掛け女房みたいにつきあい始めたんだが、例によって一カ月も持たなかったんだ」

響生は小夜子を恋人扱いはしなかった。

端《はた》で見ていて、あんまりだと思うほど、ひどい扱いだった。

徹底的に冷たかった。

かけてくる言葉は皆、無視したし、愛情らしきものは一度も与えたことがなかった。なのに、小夜子はそうされればされるほど、響生にのめりこんでいったのだ。

「自分から？」

ケイの疑問に、奥田は「さあ」と答える。

「でも多分そうなんだろな。連城は別に小夜子を縛ろうとは思っていなかったし、むしろ遠ざかって欲しいから、酷《ひど》いことを言ったりしたりしてたようにも見えた」

人前で罵倒《ばとう》したり、作ってきた料理を一口も手を付けずに捨てたり、雨の中迎えに来させて自分は他の女と帰ったり、何時間も駅に待たせたまま自分は行かなかったり……。

そこまでするか、というような、あんまりな仕打ちを響生は重ねた。

ケイは真顔になって聞いている。

「小夜子はそんなあいつの仕打ちに、いつも青ざめた白い顔で耐《た》えてたよ。酷いことをされればされるほど、小夜子は愛情を試されてるとでも感じたのかな。いま思えばよくストーカーにならなかったと思うよ。小夜子は献身的だった」

ひどい仕打ちをしながらも、響生は小夜子を家に入れたりしていたようだ。なんで続いているのかがよくわからないから、体の関係にのめりこんだんじゃないかと周りは邪推《じゃすい》していたが……。

だがそんな不可解な関係も、唐突《とうとつ》に終わりを告げるのだ。

響生が苦心の挙句《あげく》書きあげた小説が入ったパソコンのデータを、ある日小夜子がその手ですべて削除《さくじょ》してしまったのである。

それはどこまでも献身的だった小夜子の逆襲のようだった。

響生は怒った。怒り狂った。

手こそあげなかったが、

——死んでしまえ。

と逆上の挙句、言い放ったという。

その話にケイはショックを受けた。

(あの連城が他人に対して「死ね」なんて言葉を発するだなんて……)

小夜子はむろん、死ななかった。

だが、ふたりの不可解な仲は、そこで終わった。

小夜子は大学を去った。響生とは以後二度と口をきくことはなかったという。

「でも、そんな人には……見えなかったのに」

とケイが強《こわ》ばった顔で言う。

「すごいやり手のビジネスウーマンって雰囲気だった。連城と話してる時も堂々としてたし、いま奥田さんが話してくれたような女の人には……」

「だったら、それは彼女が変わったんだろうな。連城と別れてから」

「じゃあ『俺を殺した』っていう意味は？」

奥田はケイの手からカップを取り上げ、中身をすすった。

「あいつが人生かけてるものって、なんだ」

ケイは察したようだ。

「小説……。じゃあ殺したって言うのは」

「そう。小夜子に作品を殺された——消されたことを、あいつは『俺を殺した』って言ったんだよ」

ケイはコンクリートの床のペンキ跡を見つめて、考え込んでしまう。

「俺も最初聞いたときは自業自得だと思った。小夜子がとうとうキレたんだと思った。復讐《ふくしゅう》に出たんだと。でも真相はそうじゃなかったんだ」

「我慢《がまん》できなくなったんじゃなくて？」

「小夜子は嫉妬《しっと》したんだ」

奥田はアンテナの先で輝く星を見上げながら、言った。

「小説に」

ケイは呆然《ぼうぜん》としてしまった。

「おかしな話さ。嫉妬するなら、本当は榛原憂月に嫉妬するべきだったんだ、小夜子は。響生の心を全部持ってっちまう榛原に。あのとき榛原憂月は響生が物を書く原動力だった。榛原の影をぬぐい去りたくて藻掻《もが》いているエネルギーが当時の響生の小説だった。響生が小説を書くことにのめりこむ姿が、小夜子には小説が響生を独占しているように見えたんだろう。いや、響生が全身全霊を注ぎ込むものに、あいつを奪われている気がしたのかもな」

嫉妬する相手を消したつもりなのだろう、小夜子は。

響生への嫌がらせという気持ちはどこまであったか疑問だ。

それほど小夜子は思い詰めていた。

「まあ、身も蓋《ふた》もない言い方をすれば、サド男とマゾ女の恋ってところだったかもな。連城のほうだってまったく相手にしなかったなら、小夜子ものめりこんだりはしなかったわけだし。連城の小夜子への態度は、荒んだ時の女遊びってやつとも違ってたんだ」

「連城は小夜子さんのこと好きだったんでしょうか」

「さあ。情が動いたとしても、好きってのとは違ってたんじゃないかな」

恋愛をする心の余裕など、当時の響生にはなかったのだ。荒みきって女と連れ歩いても、心まではやらなかった。心は、演劇界の革命児と呼ばれた榛原の才能に奪われていた。「榛原憂月」と「小説」に、響生のすべては揺るぎなく注ぎ込まれていた。

ケイは黙り込んでいる。自分が知らない過去を響生はまだたくさん抱えている。そのことを実感したのだ。

「……小説を消された連城の気持ちもわかるけど……小夜子さんも可哀相《かわいそう》だ」

「わかる？　いいやわかんねーさ。おまえには。闇《やみ》の中から血の滲《にじ》む思いで言葉をひとつひとつ摑《つか》みだして息も絶え絶え生みだした文章を、ボタンひとつで消されることがどういうことなのか。あの時の血反吐《ちへど》まみれのあいつが書いた文章の重みも意味も。おまえにはまだわかっちゃいない」

「でも」

「小夜子は、実際連城を殺したかったのかもな」

自分のものにならない部分を、殺してしまいたかったのかも知れない。

尤《もっと》も、それを言えるほど、小夜子が彼を独占していたとは思えないのだが……。

ケイの手の中の珈琲は、外気に晒《さら》されてすぐに冷めてしまった。奥田はそんなケイの横顔を眺めて、髪の毛をかき混《ま》ぜた。

「他人から見ればよくわからない『不可解な関係』なんて、珍《めずら》しいことじゃないさ。おまえもあと十年も生きれば、わかってくる。きっと」

「奥田さん……」

くしゃくしゃにされた髪を直そうともせず、ケイは先輩役者を見つめた。

割り切れないものをそのままの姿で受け入れる時の気持ちというのは「諦め」なのだろうか。それとも別の感情なのだろうか。ケイにはまだわからなかった。

昔、小学校の時教わった算数で感じた気持ちを思い出した。素数を3で割ると、答えが小数点以下無限になると教えられたケイは、頭の中でミクロの世界をどこまでも割り続けていく途方もなさを思って、気が遠くなったものだった。その無限に尽きない数字が真実であるように。永久に端数が出てしまうその事実を、そのままの姿で受け入れることを教えられた時の、あの気持ちに近いのだろうか。

ブラックのままの珈琲が苦い。

ケイは苦さを噛《か》みしめながら、アンテナの先の星を見上げた。

*

こんなかたちでその名を思い出すことになろうとは、思いも寄らなかった……。

小夜子……。

響生はその夜も書斎にこもっていた。言葉を叩《たた》き出すことを覚えた指が、止まっていた。夜は書斎のブラインドを下ろさない響生だ。ふと息をつくと、窓には夜景が待っている。普段と大して変わり映えしないその明かりを数えて、響生は冷めた珈琲に口を付けた。

(吉野《よしの》小夜子)

ずいぶん雰囲気が変わった。

身も心も自立した、やり手の女。そんな様子だった。

（〝俺を殺した女〟……か）

あの時小夜子に消された小説は、結局一から打ち直す羽目《はめ》になった。血が滲《にじ》む思いで書いた文章はどうにか精神で復元できたが、どうしても甦《よみがえ》ってこないものもあった。その部分は新たに書き直したが、無念だった。そのことで小夜子を恨《うら》みもしたが、とうとう浮かび直してこなかった文章は、結局その程度の確証で書いた言葉だったのだと、今は考えるようになった。

だからと言って小夜子を許したわけではない。命を削《けず》る思いで生みだした作品を破壊されて、逆上しない人間などいるのだろうか。

形あるものはいつかは滅びる。自分の書いた文章もいつか消えていくとしても、それは訪れるべき死であり、自然寿命なのだろう。だが小夜子は故意《こい》に殺害したのだ。響生の言葉を。

――理解して……！

復讐ならば、諦めもしただろう。小夜子への仕打ちを思えば、仕方がない。自業自得だと納得もできた。だが小夜子のそれは、復讐ではなかったのだ。

――言葉とばかり向き合っていないで、私を見て！

――私を理解して。

（復讐ならば、許せたのに……）

やせっぽちで童顔な彼女に魅力は感じなかった。寄せてくる思いはうっとうしいだけだった。自分にどんな理想を押しつけているつもりか知らないけれど、それにつきあってやるような心の余裕は一切なかった。小夜子の勘違《かんちが》いとしか思えなかった。やがて響生が冷酷な仕打ちを始めると、小夜子の気持ちはますます燃え上がってきた。小夜子の目は恍惚《こうこつ》とした。思えば小夜子は一人でゲームを始めていたのだと思う。恋人への服従というゲームを。

そのゲームが響生には見えていただけに、ますます不快だった。盤《ばん》を勝手に回しているのは小夜子だ。一人遊戯に自分を巻き込もうとしているだけなのだ。皆は小夜子を哀《あわ》れがったが、響生の冷めた目には、それに酔う小夜子しか見えなかった。その陶酔がうっとうしかった。

同情も憐《あわ》れみも感じたことはない。

なのに、なぜ、彼女を拒絶しきれなかったのだろう。

響生は画面に点滅するカーソルを見つめている。答えを響生は知っている。

(それは、みすぼらしかったからだ……)

尽くしても尽くしても報われない小夜子の姿が――みじめで、みすぼらしいこと、この上なかったからだ。

自分よりも哀れでみすぼらしい生き物がいることが、

(快感だったからだ)

榛原憂月の模倣小説家という有《あ》り難《がた》くもないレッテルを頂《いただ》いて、あの頃の響生はどこまでも荒んでいた。自分以上に愚《おろ》かで恥知らずな、みすぼらしい人間はいないと思っていた。嘲《ちょう》笑《しょう》に耐えながら「パクリ作家」の陰口に怯《おび》え、榛原憂月の世界からの脱却《だっきゃく》を試みながら、自分という才能の薄っぺらさに目の前が暗くなる日々。俺は他人の財産を自分の財産と勘違いしているだけなのか。なにも持たない人間が借り物で名を売って、勘違いした大衆の拍手をもらっている、これほどにみじめで恥知らずな人間などありうるわけがない。

小夜子はそんな響生の前で、どこまでもみじめだった。

あしらわれる小夜子……。

人前で罵倒されて青ざめる小夜子……。

料理を捨てられて、立ち尽くす小夜子……。

何時間も待たされて憔悴《しょうすい》しきった小夜子……。

かわいそうな小夜子。

響生という虫けらの嗜虐《しぎゃく》心を小夜子はどこまでも満たしてくれる。

……だけど、おまえは俺を追って来るんだ。どんなに冷たくされても。自分自身のゲームのために。

ある日小夜子にキスをしてやった。彼女は涙を浮かべて酔いしれていた。彼女の物語は最高潮に達し、彼女の心の中に滔々《とうとう》と甘ったるい喜びの文章が奔流《ほんりゅう》のごとく流れるのが読めるようだった。その愚《おろ》かさが響生を満足させたのだ。

願わくば、小夜子。おまえが自我に目覚めぬよう。このまま愚かであり続けるなら、俺はおまえのゲームにつきあい続けてやろう。愛を与えず、愛してやろう。おまえの「主人《マスター》」であり続けてやろう。おまえが疲れ果てて、やがて俺から去るまで。

(俺は、おまえのそのみすぼらしさを愛していただけだった……)

だが小夜子はついに言ったのだ。「理解して」。響生の作品を「削除」した後で、彼女は言ったのだ。

——あなたは小説に逃げ込もうとしてるだけよ！

何を言うのかと思った。

小説は自分の戦場だ。斬《き》り結ぶ場所でこそあれ、逃げ場だと感じたことはない。少なくとも榛原憂月と出会ってからは、逃げ出したい思いこそすれ、そこに逃げ込みたいだなんて感じたことはない。それを逃避だと？　俺が小説に逃避しているだと？

噴き出したのは憎悪《ぞうお》だった。憐れみ蔑《さげす》む相手に憎悪を抱く謂《いわ》れはない。だがそれらの感情は一転して小夜子への猛烈な憎しみと変わった。この女の心に斬りつけたいと思ったとき、あの言葉が喉《のど》からほとばしっていた。

——死ね……おまえなど死んでしまえ！

椅子《いす》の背もたれに体を預けて、響生は白い天井を仰《あお》ぐ。

……あの時、そう怒鳴ったのは、作品を殺された怒りのせいだけではなかった。小夜子の思い上がった勘違いが許せなかったのだ。何もわかってはいないくせに。俺の表面の姿に勝手にのぼせあがったおまえが、自我に目覚めて途端にその大いなる勘違いか。おまえの愚かさは許せる愚かさだった。しかし今のおまえは許せない。

思い上がるな！　理解してだなんて、思い上がるな！

俺はおまえなど愛していない！


小夜子が、響生の小説をすべて読んでいたと知ったのは、彼女と別れてからだった。

彼女への怒りがふいに宙に浮いてしまったと感じた。

小夜子は……もしかして、全《すべ》て知っていたのだろうか。

響生がどんな人間であるかも、どんな状況に立たされているかも——すべて承知の上だったのではないだろうか。


冷めた珈琲はカップの底で凝《こご》っていた。

パソコンの画面がスクリーンセイバーに切り替わるのを見つめて、響生は白いカップをソーサーに置いた。

自分の小説を読んだ人間の前では、今も裸で立たされる心地がする響生だ。何も誤魔化せない。そんな気がする。むろん小説は虚構だ。ノンフィクション作家でも私小説家でもない響生のプライベートがそこにあるわけではない。しかしそういうものの奥にある、どうにも逃れようがない自《みずか》らの人間性の核というべきものを、読者には読まれていると感じる。それは妄想だと言われた。妄想ではないと思う。恥辱《ちじょく》を知らない人間に恥辱を想像することはできない。すなわち穿《うが》つことはできない。表面を撫《な》でることはできても。

小夜子は……どこまでわかっていたのだろう。尤《もっと》も読んでも全く理解していなかったかもしれない。ゼロの可能性があるということは百の可能性もあるということだ。すべてを知っていたかも知れない。もしかしたら響生以上に。

——あなたは小説に逃げ込んでいるだけよ。

その言葉は何年も経《た》ってから、じわじわと響生に染み込み始めた。当時は全く響くところの無かった言葉なのに。小夜子は今の響生を予言していたのだろうか。そういうところに陥る響生の本質を理解していたから出てきた言葉なのだろうか。

いまとなってはわからない。もう一度会って問う気もない。

小夜子も……おぼえてはいないだろう。

ぼんやりと考えていた響生の目が、ケイから貰《もら》った写真の束《たば》を見つけた。響生は手にとって一枚一枚眺《なが》めてみた。

小説に逃げ込むことで、現実の対話を避けていたのではないだろうか。小説の成長ばかりを求めて、自分の成熟への関心にまったく欠けていたのではなかろうか。

（そうは思いたくない……）

逃げ場であってはならない。小説のために生きてはならない、と響生が思ったのは、小夜子の言葉の影響かもしれない。小説のために人生があるのではなく、人生のために小説があるのだと肝《きも》に銘《めい》じるようになったのは。

（小説のために命はあるが、小説のために人生はない。……か）

小夜子……。

彼女は知っていたのだろうか。

虐《いじ》め蔑《さげす》むという歪《ゆが》んだ愛し方しかできずにいた響生の理由を。だから受け入れたのだろうか。そういう愛され方をすることを。模倣という過《あやま》ちも全部知っていたから？　俺の愚かさ・みじめさ・みすぼらしさを全部知っていて？

——理解して！

（君が訴えたかったことは……ほんとうは）

夜明けが近づこうとしていた。

白み始めた空から星がひとつひとつ退場していく。響生は考え込みながら、素顔をさらけ出し始めた街を凝視するように、ガラスの一点だけを見つめている。

ANGLE.3　黒猫と「俺を殺した女」

電車の到着とともにホームに流れ出してきた人々が、横長の大きな帯《おび》になって自動改札をくぐっていく。その流れに紛《まぎ》れて井《い》の頭《がしら》線の改札を出たケイは、売店でミネラルウォーターを一本買って、下りエスカレーターを早足で降りた。

渋谷《しぶや》の街は夜の顔へと化粧している。ビルの壁の大型ビジョンはめまぐるしく映像が切り替わり、見渡せばどこも色とりどりのネオンサインに彩《いろど》られている。ケイは駅前の露店で磯辺焼《いそべや》きを三つ買い、今日の夕食とすることにした。

路上芝居ができるスペースを探して、ケイは渋谷の街を彷徨《さまよ》った。このあたりは場所とりも熾烈《しれつ》で、閉店後のデパート前はすでにギターを持った三人組のミュージシャンに占拠されていた。あの三人組は音が大きすぎて、そばで芝居をやるには具合が悪かったのだ。

やっと適当なところを見つけて、荷物を下ろすと、とりあえず夕食の磯辺焼きをパクついた。磯辺焼きはまだほんのり温かかった。水で流し込んで、ケイはさっそく芝居の準備にとりかかる。

（今日はもう少し形にしないと）

『サロメ』の一人芝居に挑戦中のケイである。初日は屋外で練習をしているようなもので、とても人の足を止めて観《み》てもらうような出来ではなかった。二日目でどうやら『サロメ』っぽくなってはきたが、物珍《ものめずら》しさで足を止める見物人はいても、三分と引き止めておくことはできなかった。そして三日目——。今日はとにかく一個の芝居という形にしたい。

軽く柔軟をして、和国《かずくに》から借りてきた舞台用のレースのカーテンを広げ、ケイは靴を脱ぎ、靴下も脱ぎ捨てた。『サロメ』と手書きした段ボールの切れ端を壁に立てかけ、上演開始を示すランタンに火を入れて、ケイはカーテンをまとった。

（やるぞ）

舗道《ほどう》は人通りが絶えない。

ケイの『ひとりサロメ』が始まった。

「〝皆様、ここはエロド王の宮殿にございます。今宵《こよい》皆様にお見せいたしますのは王女サロメの物語〟」

ケイの前口上に、通りかかったOLたちがくるりと顔を向けて注目した。足を止めこそしなかったが、気になるのか、通り過ぎてからもたびたびこちらを振り返っている。

「〝宮殿では宴《うたげ》が催されているのでございます。ご覧ください。あの若い兵士達。皆、サロメに見とれているのでございましょう。ああ、美しい。今宵のサロメは、特別に美しい〟」

街の喧噪《けんそう》の中で、よく通るケイの声が通行人の興味をひく。ケイはサロメに見とれる若い兵士達に次々となりきってみせる。

「〝王女を見てはならぬ。度が過ぎるぞ〟」

「〝エロディアスが王に酒を注がれた〟」

「〝あれが后《きさき》・エロディアスか〟」

ケイが工夫したのはカーテンの使い方だ。役によって、纏《まと》い方を変えるのである。深夜の通販番組で「布遣《づか》いで幾通りもの着こなしができるドレス」とやらを見て思いついた。兵士を演じるときは腰に巻き、王の時はマントのごとく羽織り、サロメの時は腋《わき》の下からドレスのように纏《まと》う。この布遣いの転換がなかなかにむずかしい。

家で練習してきたので、だいぶ要領よくなってきたが、まだもたついてしまう。もたつく間は語りで埋めなければならない。アドリブが幾《いく》らでも利《き》くのは即興芝居のありがたいところだが、それも度が過ぎると、間延びして白《しら》けてしまう。

驚くことに、ケイは戯曲の台詞《せりふ》を大筋ですでに覚えていた。特にサロメの台詞は、長い台詞でも一句も間違えずちゃんと記憶しているのである。たった一度観ただけなのに。

ぽつぽつと、足を止めてくれる人が増えてきた。路上ミュージシャンは多いが、一人芝居というのは珍しいらしく、皆、しげしげとケイを見ていく。

ケイはがんばった。

「〝あそこは嫌。我慢ならない。なぜ王はあたしを見てばかりいるのだろう〟」

サロメの登場シーンだ。小動物のように体を震わせるケイが可憐《かれん》に見えたのか、足を止める人の数が増えてきた。

「〝妙なこと……。母上の夫ともあろう男が、あんな目であたしを見るだなんて。あたしにはわからない。いいえ、わかっているの〟」

（美しく……妖艶《ようえん》に）

ケイは動いてみせる。観る側からすると、まだぎこちなさも残る演技だが、ケイは果敢《かかん》に挑戦する。

（皆を誘惑してしまうほどに）

男の見物人達のケイを観る目が変わってきた。しっとり濡《ぬ》れたケイの黒い瞳が、小悪魔的に婀娜《あだ》っぽく、上目遣《うわめづか》いで見物人達を見回すと、なんとも言えない倒錯《とうさく》めいた空気が漂い始め、皆が吸い込まれたようにケイに見入り始めた。

「〝おまえなら、きっとしておくれだろうね。ナラボス。そうしたら、明日神像売りの群れる城門の上を吊臺《つりだい》に乗って通るとき、おまえの上に小さな花を投げてあげるよ〟」

ケイが媚態《びたい》で見物人の会社員に迫る。グラビアアイドルの目つきや仕草を盗んで、鏡で練習もしたケイだ。男たちをその気にさせる表情は？　仕草は？

迫られた会社員はオロオロしている。臣下のナラボスに、サロメがヨカナーンと一目会うことを承諾《しょうだく》させようと媚《こ》びを売る場面。拒《こば》むナラボスを、サロメはその魅力でメロメロにさせなければならない。ナラボスが「会わせる」と言うまで。

(この人をソノ気にさせるんだ。それができれば合格だ)

だがその会社員はいたたまれなくなってしまったのか、顔を真っ赤にして逃げ出してしまった。ケイはちょっと拍子抜けしてしまったが、気を取り直して演技を続けようとした。

「〝ああ! ナラボスは命じました。王女サロメをあの男に会わせ……ッ〟」

そのときである。

思わず台詞が詰まったのは、見物人の中に見覚えのある女の顔を見つけたからだ。ケイは危うく演技を忘れて声をあげてしまうところだった。

あのひと……ッ。

昨日の、

小夜子《さよこ》さんだ!

連城《れんじょう》の元恋人だという女性がケイの一人芝居に足を止めていたのである。

間違いない。服装は違うが、昨日の小夜子だ。ケイはその顔をしっかり頭に焼き付けていた。

(どうしよう)

引き止めて話を聞きたいと思った。でもそのためには演技を中断せねばならない。芝居を放り投げるわけにはいかない。

小夜子の方は、ケイが昨日の響生《ひびき》の連れだということに気づいていないようだ。幸いしばらく足を止めてくれている。ケイはなんとしても小夜子を引き止めねばならなかった。演技で引き止めねばならなかった。力が入った。

だがそんなケイの気も知らず、小夜子は時計を気にし始めた。サロメの七つのヴェールの踊りの最中だった。クライマックスの直前だ。このままでは帰ってしまう。

小夜子がその場を離れようとした。ケイはとっさに見物人の人垣《ひとがき》をかき分け、小夜子の手をはっしと捕まえた。

驚いたのは小夜子である。

「〝王様、わたくしの踊りの褒美《ほうび》がまだにございまする〟」

ケイはサロメになりきったまま訴《うった》えた。

「〝どうぞ最後まで！　どうぞ！〟」

振り返ったまま目を見開いている小夜子は、役者のやけに真剣な目に驚いて、思わずこちらに見入ってしまった。ケイは小夜子の手首を放し、再び布を翻《ひるがえ》して芝居に戻った。小夜子はサロメの懇願《こんがん》にほだされたのか、結局その後最後までケイの一人芝居に釘付《くぎづ》けになってくれた。

正味二十分ほどの短い芝居は幕を下ろした。見物人たちがケイを拍手で褒《ほ》め称《たた》える。何を勘違いしたのか小銭や千円札をランタンのそばに置いていく者もあった（ありがたく頂戴《ちょうだい》することにした）。まだまだ完成したとは言えない不細工な芝居だが、形にはなってきたらしい。

ケイは挨拶《あいさつ》を終えると、笑顔で拍手をくれる小夜子のもとに歩み寄っていった。

「あの……小夜子さんですよね」

突然名を呼びかけられて、そうとうびっくりしたらしい。

「なんで私を知ってるの？」

「昨日、お店で会いました。連城響生の連れだった者です」

小夜子は驚いた。あの時はケイまで目に入っていなかったようだ。「連城響生の知人」と聞いて驚いている彼女にケイは思い切って訴えた。

「今からちょっと、お時間もらえますか」

＊

学校の先生と一緒にいるようだ、とケイは思った。

小学校三年の時の担任教師に少し似ている。まだまだ無邪気で、放課後先生と話をすることが楽しかった頃を思い出して、ケイはなんとなく懐かしい気分になってしまった。

聞くところによると、小夜子は今、ある建築会社に勤めているらしい。昨日一緒にいたのは、仕事相手の設計士だという。仕事の打ち合わせだった。

ケイはコンビニで缶珈琲《コーヒー》を二本買い、小夜子と一緒に公園通りに面したショッピングビルの階段に腰掛けた。最初は警戒《けいかい》していた小夜子だが、ケイが喋《しゃべ》るのを聞いているうちに構えを解いていったようだ。

「そう、本物の役者さんなんだ。だから、連城君と知り合いなのね」

「連城が芝居書いてたの、知ってるんですか」

「知ってるもなにも、私『飛行帝国』の旗揚《はたあ》げから観てきた古株の客だもの」

小夜子は思ったよりも気さくな人だった。茶色に染めたセミロングの大人っぽい髪型、すらりとした手足、知性的な瞳、意志の強そうな眉《まゆ》……。いまの小夜子からは奥田《おくだ》の話が想像できない。落ち着いているが、話し方はハキハキとしていて健康的な印象の女性だ。

「そっか。奥田くんから聞いたんだ。相変わらず元気そうだね」

あの『飛行帝国』のミカドを「くん」呼ばわりする人間を、ケイは初めて見た。思えば彼らを大学時代から知る人なのだ、小夜子は。

ケイは一応響生との関係（むろん友人）を説明した後で、二人がつきあっていた頃の話は奥田から聞いたこと、昨日からなんだか気になって仕方がなかったことを、正直に話した。小夜子は缶珈琲を握りしめたまま、ケイの話を聞いていた。

「そう。連城君は、『俺を殺した女』だって言ったのね……」

ケイは慌《あわ》てた。——そうじゃなくて、原稿を……！

「ううん。その通りだからかまわない」

小夜子はストッキングの長い脚を階段に投げ出すようにして、膝《ひざ》の上に缶を載せた。

「そういう風に覚えててもらえたことが——むしろ嬉《うれ》しい」

ケイは思わず小夜子の顔を覗き込んでしまった。

「そんな……」

「あの連城君があたしを憎んで忘れずにいてくれた。心全部を小説に注ぎ込んでたひとが、感情を……しかも憎しみという強い感情を、私に与えてくれた証拠」

小夜子は姉のようにケイの顔を覗き込んできた。

「だって無関心というのは、その人の存在はないも同然とすることでしょう？　君と同じ。どんなに声張り上げて演じても、なんの関心ももたずに通り過ぎていく人にとって、君はいないも同じ。とても残酷《ざんこく》なこと」

確かに、こちらに視線もくれず歩き去っていく人を見ると、悲しくなる。通り過ぎる人のほうが遙《はる》かに多い。人それぞれ事情を抱えて街を往くのだから仕方がないが。

「無視されるのは……悲しいです」

「それと同じ」

小夜子は言った。

「人は他人の無関心に耐えられないようにできているのかもね。悪いことをしてでも関心を集めたい。そうでないと自分は生きていてもどこにもいないような、そんな気がしてくる。連城君は……他人の無関心を味わったことがないのよ。よきにつけ悪《あ》しきにつけ、彼の小説は人の関心を惹《ひ》かずにはおかなかった。彼には不名誉なことでも。……彼の欠点はね、無を知らないことだと思う。無関心に晒《さら》されたことがないこと。だから、一人で生きていけるなんて顔ができたんだわ」

小夜子は言う。――彼は彼が思う以上に、真摯な関心を持たれていたのに。榛原憂月《はいばらゆうげつ》の真似《まね》をしてしまったことも何もかも、本当のことを全部わかっていて、その彼がどうなっていくのかに関心を寄せていた人は、彼が思う以上に大勢いたのに。

「そのことに彼だけが気づいていなかった」

(このひとは……)

ケイは、小夜子の洞察《どうさつ》の深さに驚いていた。耐えるだけの不幸な女のように聞こえた小夜子は、本当は連城よりも彼のことが見えていたのではないだろうか。

「じゃあ、小夜子さんは連城の関心を惹《ひ》きたくて、あいつの小説を?」

「消したのは、単純に彼を『言葉』に取られたくなかったから」

不思議なことを小夜子は言った。

小夜子は微笑《ほほえ》んだ。

「今になってみると、なんであんなロクデナシに……って思う。あの頃は熱病に浮かされていたのよ。あたしは恋してる自分に酔った。耐えてる自分にあたしは酔った。こんなに彼が好きなんだわって。恋人に服従する快感が君にはわかる？　神様に跪《ひざまず》くように、彼の前に跪くの。すべてを支配してもらう喜びが君にはわかる？　……わかるわけないわよね。頭おかしいんじゃないかって思われるのがせいぜい。でもね、私は彼に冷たくされるたび、自分は必要とされてるんだと思った。どうしてなのかわからない。でも突き放されるたび、何かを求められてると思ったの。おかしい話」

「冷たくされるのに？」

ケイにはその矛盾《むじゅん》が理解できない。

小夜子は「理解しないでいいんだ」というようにうなずいた。

「連城君にはそういうところがあるの。遊びじゃない。冷たくしながら、離さないって顔をする時がある。あたしは、もっと必要として欲しかった。もっと求めて欲しかった。なのに彼の心は『言葉』に吸い取られていくばかり」

「………」

「ひとりぼっちで『言葉』でなんか昇華《しょうか》しないで、私にぶつけて欲しかった……。『言葉』を取り上げてやりたかった。彼が積み重ねていく言葉を闇《やみ》の彼方《かなた》に葬《ほうむ》ったなら、彼は心の持って行き場を失って、私にぶつけてくるかと思ったの」

だがそれは間違いだった。

自分がしたことは、響生を殺したも同じ行為だったと気づいたのは、彼と別れてからだった。

今にして思えば、ただの独占欲だったかもしれない。響生の頭にあるものを全部取り除いて、自分のことだけ詰め込みたい。彼を癒《いや》せるものは私でありたい。

「私は……彼の『言葉』の代わりになりたかったんだわ……」

ケイは痛いような顔で、小夜子の横顔を見つめている。

「でもね。私の恋敵は『言葉』ではなかったんじゃないかって今は思う」

「………」

「私は、彼のいる世界を、結局外から見ているだけの人間だった」

ケイは目を見開いた。

表現を追求する苦しみを癒せるのは、小夜子は表現の中にはないと思っていた。だから自分がなんとかしてあげられると思った。だがそうではないのではないか。外で得る安らぎは、響生を本当に癒しはしないのではないか。

彼を救うものも癒すものも、表現という世界にあるのではないだろうか。

響生が本当に求めるものも、彼が身を置く表現の世界に存在するのではないだろうか。

「だとしたら、……はじめから私ではなかったのよ」

小夜子は諦めのような微笑を浮かべていた。

「うまく言えないけど、彼を苦しめるものも癒すものも、同じところにあるんじゃないかって、やっと気づいたのは何年も経ってから。そのときやっと、わかった」

「……」

「私は……連城君が本当に心の底から求める人は、女であるとも限らないと思う。表現の世界では、誰もが女であり男であると思うから。精神体同士の求め合いだと思う。彼が本当に誰かを求めるとき、そこにある人は男も女も関係ない。芸術の次元で惹かれ合う。彼はきっと、そういう形の恋愛をする人だと思う」

「恋…愛……？」

「ええ。というよりも、彼の場合は、それ以外の形では恋愛にならない」

ケイは目を見開いていた。小夜子の瞳には、交差点で点滅する信号の青が映っている。

「恋愛って、ひとつの型に押し込もうとするから、ややこしくなるんだと思うの。人それぞれに形が違うもの。定義も違うもの。ただ人が人に強く恋い焦《こ》がれる気持ちを、あたしは恋愛と呼びたいだけ」

ケイは不思議な気持ちが広がるのを感じていた。

小夜子は言うのだ。

「ねえ、人の恋愛は、もうそろそろ、男と女、男と男、女と女、そんな型から解き放たれてもいいころだと思うの。だから、恋愛って言う言葉がひとつの形にいつまでも縛られてるうちは、わたしは簡単には使いたくない。言葉が解放されるまでは。その一言を使わずに、ありったけの言葉を費《つい》やして、そのまだ『名もなきもの』を表現できたらいいわね」

小夜子はケイを振り向いて言った。

「——連城君はきっと、そういうものを表現していくひと」

「小夜子さん……」

「葛川《かずらがわ》君。連城君をよろしくね」

小夜子は穏やかに微笑していた。

「彼があの当時、なんであたしを虐《いじ》めながらも受け入れたのか、わかるような気がするけど、言葉にはしない。だってあたしは別に自己犠牲《ぎせい》したかったんじゃないもの。小説を読んだからって全部を理解できるわけじゃない。でも君は役者だから、彼の言葉をたぐって、きっとあたしなんかよりずっと彼の心の近くにいけるはず」

そんなことはない。

全然遠い、とケイは思った。

「——……連城のやつ、本当に女の人を見る目がないな……」

「え」

「こんな素敵な人に好きになって貰《もら》ったのに」

小夜子は笑って「ありがとう」と言った。

「でも、別れなかったら、私なんて愚《おろ》かなままよ」

駅までの道のりを肩を並べて歩きながら、ケイは小夜子が来月東京《とうきょう》を離れることを知った。結婚するのだという。相手は札幌《さっぽろ》の設計士だった。もう会うこともないと思うけど、と言った小夜子にケイは言った。

「芝居のチケット送ります。会うこともないなんて言わないで、観に来てください」

「じゃあ、今度は客席と舞台で」

渋谷《しぶや》駅のJR口までやってきた。別れ際にケイは大事なことを思い出し、そうだ！　と叫んで、慌てて小夜子を呼び止めた。

「小夜子さん！　連城に婚約者がいるっていうのは、本当なんですか！」

振り返った小夜子はきょとんとした。

「熱田《あつた》賞をとったら公認の仲とかって！」

「ああ……」

小夜子は破顔した。人の流れに邪魔されないよう、大きな声で、

「小説と公認の仲ってことよ。もっとも賞なんかとらなくても、とっくに言葉と心中してる男だけどね！」

胸のつかえが一気にとれて、ケイは力が抜けそうになった。

「さよなら、葛川君。今度は劇場で会いましょう！」

JR乗り場の人混みの中に消えていく小夜子の毅然《きぜん》とした背中を見送って、ケイは長いこと佇《たたず》んでいた。ほんの短い時間だったが、彼女の言葉は深く刻み込まれた。

芸術の次元で惹かれ合う恋愛だと彼女は言った。

うまく言葉にはできないけれど、皮膚《ひふ》感覚のようなところでわかる気はした。

（連城が恋い焦がれる……榛原憂月）

ケイには、彼の想いは恋愛とは全く違うような気がしたけれど、たぶんそれは小夜子と自分が抱く恋愛のイメージの違いのせいだろう。

光に同じように手を伸ばしても、届く者と届かない者。榛原に抱く、届かない者——響生の気持ちは、一言では言い表せない。返されることや癒されることを相手に願うでもない執着は恋愛と呼べるのだろうか。その一筋縄でいかない愛憎をひっくるめて、小夜子は恋愛と名付けようというのだろうか。

ケイはやはりそうは呼べないと思った。相応《ふさわ》しい言葉としてはケイの中では甘すぎた。なにかもっと別の言葉があるはずだと思ったが、ケイの語彙《ごい》力では浮かんでこなかった。

いまだ『名もなき想い』……。

それを表現できたらいいわね、と小夜子は言った。

（オレにもできるだろうか）

自分たち役者は与えられた言葉しか使えないけれど、いつかこの肉体で表現できるだろうか。

いつか……。

北風がハチ公前広場に吹き抜ける。こんな渋谷の真ん中でも見上げれば、星が見えた。

ケイはマフラーを引き寄せて、想いを天に飛ばすように夜空を見上げている。

ANGLE. 4　黒猫と……

それから二日後の日曜日——。連城《れんじよう》響生《ひびき》の姿は横浜《よこはま》にあった。

或《あ》る書店の新装開店イベントの一環として、連城響生のサイン会が行われるのである。

「いつもお世話になっております。鳳文社《ほうぶんしゃ》『騒《そう》』編集部の中宮寺《ちゆうぐうじ》桜《さくら》ともうします」

奥の事務所で、書店の社長らと名刺を交換する桜は、響生のサイン会に立ち会うために休日返上でやってきた。

サイン会嫌いの響生をどうにか説き伏せて——というか、ケイと「同棲《どうせい》」（この表現に響生は猛烈に抵抗した）していたことをネタにゆすって開催を承諾《しようだく》させた桜である。折り目正しくスタッフらと挨拶《あいさつ》をかわしていた桜だが、響生のもとに戻ってくると、途端に素に戻った。

「連城、すごい大盛況！　女の子いっぱいよ！」

イベント大好きな桜は、はしゃいではしゃいで仕方がない。響生はクリーム色のソフトスーツにダークブラウンのカラーシャツという出で立ちだ。珍しく明るめの色をまとった響生はいつもよりどこかこざっぱりとして見える。

「なによ、その顔の傷は—…。ほたるのしつけくらいしときなさいよ」

と言って桜が取りだしたのは肌色のコンシーラーだ。

「いいって」

「よくないでしょ。読者と直接会うことなんて滅多《めった》にないんだから、きれいにするのはエチケットってもんよ。そうでなくても女の子なんて、みんな、あんたのカオ目当てなんだから」

メイク係よろしく、傷かくしのため、せっせと響生の顔に塗り始めた桜である。響生は抵抗する気力もなく、させるにまかせた。

「いい？　みんな、こんなあんたを見捨てもせずに応援してくれてるんだから、仏頂面《ぶっちょうづら》はよしなさいよ。ちゃんと心こめてありがとうって言うのよ。わかってる？」

桜はまるで母親口調だ。子供じゃないんだから、と内心呆《あき》れつつ、響生は天井をあおいだ。

（読者と会うのは苦手だ）

十一月にあの破綻《はたん》小説が出た後である。気が重いのだ、読者を前にすることが。

必要以上に懐疑《かいぎ》的になっていて、昨日から気分が塞《ふさ》いでいた。最近の自分の作品に対して、好意的な感情をもっている読者ばかりではないというのがわかるので、内心は、腹の底に刃《やいば》を抱えた刺客《しかく》と対面せねばならない気分だ。身構えすぎて、息苦しい。

（笑顔になんて、なれるわけないじゃないか……）

疑いすぎるのが、響生の悪いところである。

「それじゃあ、連城先生、そろそろお願いします」

先生と呼ばれるのは相変わらず慣れない響生だが、はい、と答えて立ち上がった。スタッフの店員たちに「よろしくお願いします」と頭を下げて、会場へと向かった。

＊

それにしても、すごい熱気だ。

列の最後尾に並んで、ケイはほとんど圧倒されていた。その隣に高梨絵理《たかなしえり》の姿がある。

「……あぶなかったぁ。やっぱ朝イチで来といてよかったねー、ケイ」

「なんでオレまでこなきゃなんねーの」

「そりゃケイがいたほうがお話できるからに決まってんでしょ！　いざ面と向かっても、キンチョーしてきっと何話していいかわかんないし」

絵理なら全然心配ねーよ、と思いながら、ケイは肩を竦《すく》めた。サイン会があると新聞で見て、急遽《きゅうきょ》バイトを休んで横浜に駆け付けた絵理である。どうにか当日券をゲットできたと喜んでいる。しかも無理矢理ケイを連れてきていた（「夕食おごるよ」の一言につられたのである）。

今日の絵理のがんばりようは、すごい。いつもはほとんどジーンズのくせに、今日はうんとガンバって、髪の毛はくるくる、化粧もばっちり、服もとっておきのカワイイヤツを着てきた。しっかりカメラ持参である。あわよくば、一緒に並んで撮ってもらうつもりらしい。

（つーかオレ、ぜったいカメラマンさせられる）

目線の先には、延々と列が続いている。参加者は階段に並ばされている。花束を持った若い女性やカップルで来たらしい男女、意外に自分と同い年くらいの若者の姿もあって、驚いた。

しかしこの長蛇の列の先に連城がいるかと思うと、不思議な気分だ。これが本来の自分と響生の距離なのかと思ったら、感慨深くなってしまった。

「ああもう、どーしよー！　ドキドキするーっ」

絵理はひとりで有頂天《うちょうてん》だ。

「別に初めて会うわけじゃないだろ」

「サインしてもらうのは初めてだもん。ケイにはわかんないよッ。一緒に海外旅行まで行けちゃうケイになんか」

「おまえと行ったら問題だろ」

「あんた、あほちゃう？　あたしとケイが行ったたって、誰もうんともすんとも言わないっつの。あれ、さっきアイス食べて口紅とれたかも。ついでに化粧直してくるから、ケイ、ここで並んでて！」

返事をする前に、絵理はすっとんでいってしまった。ケイは呆《あき》れながら、手にした響生の本を見つめた。

＊

サイン会は順調に進行した。

白い布をかけられた机の横にはアレンジメントの花が飾られている。「連城響生先生サイン会」とかかれた看板が背後のパネルにかかっていた。響生の姿は机の中央……。

表情の強《こわ》ばりも、列が進むに連れて、少しずつほぐれてきた。

口数が少ないので読者と会話をかわすようなことはあまりしなかったが、ほほえみを浮かべて「ありがとう」とひとりひとり声をかけている。保護者のごとく見守る桜も、最初はどうなることかとハラハラしていたが、この分なら大丈夫そうだ。

ケイぐらいの年の若者もいる。金髪を立たせた若者がサインをもらって、気恥ずかしそうに響生に握手を求めている。

（あぁぁあぁ、だまされちゃだめよ～……）

桜は心の中で、思わず声をかけてしまう。

（そんなヤツに憧《あこが》れちゃったら、正体みたとき絶対後悔するわよー……）

列は徐々に短くなっていく。開始から一時間半が過ぎようとしていた。あと残り三十名です

——と整理係が桜に教えてくれた。列の方に目をやって、桜は「あら？」と目を剝《む》いてしまった。

「なんでここに……？」

高校生の二人組に「ガンバってください」と花束を渡され、微笑を返した響生は背後のスタッフにそれを渡して次の本を受け取ろうと目線を戻しかけた時、ふと頭上に聞き慣れた声を聞いた。

「この女ったらし」

ぴた、と動作が止まった。

なんだと、と思って顔を上げると、そこにいたのは……。

響生は呆然《ぼうぜん》としてしまった。

「ケイ」

他の読者に混ざってケイが並んでいたのである。ケイは腕組みしながら、こちらを見下ろしていた。

「どうしたんだ、いったい」

「サイン。オレ、あんたに貰ったことないから」

「それでわざわざ来たのか」

「うん」

はいこれ。とケイが差し出したのは小さな箱だ。開けてみると、三角コーン型のお香《こう》のようなものが入っている。

「それ、お灸《きゅう》」

響生はちょっと沈黙してしまい、

「……………。どういう意味だ？」

「こないだ渋谷《しぶや》で偶然小夜子《さよこ》さんと会った」

響生の表情が固まった。思わず「うそだろう」と思い、真顔でケイの顔を覗き込んでしまう。ケイはぞんざいな口調で「それで伝言」と言った。腰を折って、顔を間近まで突きだした。

「〝あたしは連城君のために自己犠牲したつもりはないから〟」

響生は二、三秒呆気《あっけ》にとられたが、

「ぷっ」

といきなり噴き出した。

「そう言われたのか」

「ああ。あんたの悪行、さんざん聞かせてもらったよ。あんた根っからの悪党だな」

なんてこった……まさかこんな形で答えがやってこようとは。

「伝言」を聞いた途端、何かが弾《はじ》けてしまった気がして、響生は惚《ほう》けた。張り詰めた糸が緩んでしまった。たった一言だったが響生には意味が全部通じたのだ。そうか。小夜子のヤツ、やはり皆、お見通しだったのだ。しかも俺のうぬぼれを最後の最後で蹴散《けち》らしていくとは。

　私はあなたを救うために蔑《さげす》まれたわけじゃない、という主張がその一言にはっきり詰まっていた。あたしはあくまでゲームだったのよ。そこまで身を捧《ささ》げたと思わないで——思い上がらないでね。と釘《くぎ》を刺された想いがした。彼女は強い、と思ったら、心の中から自然に笑顔がこぼれてきた。本心はどうであれ、それを言えた彼女は強い。それに比べて自分は……。

　肩を震わせて、含み笑いが止まらなくなってしまう響生に、ケイもさすがにうろたえた。サインをしたが、マジックを持つ手が震えて、なんとも下手くそな字になってしまった。

「俺の負けだな。やっぱり彼女のほうが上手《うわて》だった」

「ああ、そうだよ。すごい不思議で素敵な女の人だったよ。後悔しな」

　サインした本をケイに渡して、響生は言った。

「小夜子からそこまで聞き出したのか。おまえは天才だな。刑事にでもなったらどうだ」

「うるさい。このロクデナシ。原稿消されても自業自得だ」

　ケイの背後で「早くしろ」と絵理が怒っている。手招きすると、絵理が小走りにやってきて頭を下げた。

「そそその節は色々ありがとうございました。いつも本読んでます。『飛行帝国』の頃からのファンなんです。ケイなんかよりもずっと古株なんです！　ああ握手お願いします！」

「絵理の夢だったんだって。あんたのやらしい手と握手すんの」

「ぎゃーっ！　余計なこと言わないでよ！」

そうして絵理は念願の響生との握手をガッチリと果たした。

「ケイ」

絵理と握手したあとで、響生がケイにも手を差し出してきた。今更《いまさら》握手でも、と思ったが、握り返した。響生の手はやっぱり大きくて、意外にも……温かかった。

「あっ。そうだ。オレ、カットモデルに誘われたんだ。次に会うときは、思いっきりイメチェンして茶髪になってっかも」

響生は驚いて目を丸くしていたが、やがて、

「よしたほうがいいぞ」

と言った。ケイが顔をしかめて「なんで」と問うと、

「ほたるが黒猫じゃなくなったら変だろう」

「は？」

「ドラ猫同士、黒くしとけ」

よくわからない理屈だったが、なんとなくうなずいてしまった。

うなずいてから「？」と首を傾《かし》げたケイである。

「……連城先生なんて看板しょってるあんた見てっと、恥ずかしくなってくっから、もう行

く。じゃあまた」

響生はケイの後ろ姿を見送った。小夜子にもだが、ケイにもかなわない、と思った。

(大したヤツだよ、おまえは)

そうとは知らずに答えを摑《つか》みだしてきてしまう、その直感はなんなのだろう。

天使とはよく言ったものだ。大したメッセンジャーだ。

(奥田《おくだ》……。俺はやはり愛情深い人間などではないけれど)

ケイが起こすマジックを見ていると、彼の行く道をどうにかして守ってやりたくなる。

(理由はいらないと思う……)

響生はサインペンを握り直すと、あとに続く読者たちと向き合った。


書店の入っている駅ビルの建物を、バスターミナルの街路樹のそばから見上げて、ケイは満足げに目を細めてみる。

「あーあ、なんでケイなのかなぁ」

絵理はちょっとグチっぽくなっている。

「連城さんも榛原《はいばら》さんも。ケイなんて、どこにでもいるおにいちゃんだよ。いつも金ないない言ってるし、口悪いし、わがままだし、にぶちんだし……。どうしてケイなのかなー……」

どうやらケイばかり話して、自分があまり話せなかったのが不満らしい。

（あんたのそばにいられること、ちょっとは自慢に思っていいのかな）

小夜子にはかなわないと言った響生。

もしかして響生という男はメチャクチャ不器用なのではないだろうか。すごくすごく世慣れているように見えて、実は思いっきり要領が悪い男なのではないだろうか。オレなんかよりもずっと。

言葉を追うことしか頭にないロクデナシ。

（あんたにはやっぱりどこか、榛原さんと同じ匂《にお》いがする）

でも響生のほうが、ほんの少し……柔らかい。


日曜の午後はなんだかみんな、幸福な休みの残り時間に追われているようだ。

買い物袋を抱えた親子連れが横切っていく。着膨《きぶく》れした老夫婦が道を聞く。駅のコンコースも普段着の乗降客で溢《あふ》れている。ケイたちの姿はやがて人混みのなかにまぎれていった。

ショーウィンドウのマネキンたちに真冬の午後の弱い日差しが降り注ぐ。

黒猫は今日も街で生きている。


――おわり――

あとがき

ファイアフライというのは英語で「蛍《ほたる》」という意味になります。語感のよろしさと「ファイア」「フライ」という意味の美しさが気に入ってタイトルに用いてみました。「炎、飛ぶ」。映像的にも意味的にもきれいな語句かと思います。しかし英語のFireflyの語源はフライはフライでも「蝿《はえ》」のほうらしいので、ちょっと減点。(と思って辞書を見たら「飛ぶ昆虫」一般につくようです。蝶とか)

というわけで、表題作の「ファイアフライ ——熱情を受け継いだ翼。」は、昨秋雑誌掲載した短編を、文庫用の中編として新たに生み直してみたものです。雑誌掲載時にはなかったエピソードなど、だいぶ膨《ふく》らんだ内容となりました。(特に榛原《はいばら》の過去に関しては、本編でもまだ明かされてはいない部分なので、読んでほしいところかと)

榛原憂月《ゆうげつ》と藤崎晃一《ふじさきこういち》と渡辺奎吾《わたなべけいご》の三人の出会いから『メデュウサ』の初演、全国進出……と話は進んでいきますが、この三人て見事に「一枚目、二枚目、三枚目」てカンジですよね。渡辺は書いているうちにどんどん三枚目になってきてしまいました。

三人が病院帰りに乗ったと思われる西鉄宮地岳線《みやじだけ》ですが、車内放送のチャイムは七十年代のフォークソンググループである「チューリップ」の曲を使っているそうです。なぜならメンバーの出身が宮地岳線沿線だから、とのこと。『心の旅』や『サボテンの花』が流れちゃう。榛原たちが三人で物思いに耽《ふけ》りながら終電に揺られていた時もメロディが流れてたかと思うと、ちょっと微笑《ほほえ》ましいような……。「青春」だなあ。

藤崎に関することは、これからもまた本編にて度々出てくるかと思います。このひとは、やはり『赤の神紋《しんもん》』のキーポイントキャラのようです。

榛原の博多《はかた》弁も書いてみたかったなぁ……（笑）

全然関係ないけど白蛇のハミル、出番前に脱皮とかしてたらどうしよう……。

さて収録のもう一編『黒猫と大きな手』は文庫のために書き下ろした、ほのぼのなお話です。連城《れんじょう》とケイは普段どんな生活を送っているのだろう？　と思って書いてみたのですが、連城、ますますロクデナシな過去がバクロされてしまいました。（おかしいなぁ。連城のカッコわるくないとこを書こうと思ってたのに……）

「ファイアフライ」の後にこれを載《の》せるのは何やら申し訳ないと思ってしまったほどです。

こちらの番外編は、いつのお話かといいますと、ニューヨークから帰ってきた直後。ケイたちが束《つか》の間《ま》一息ついている頃です。（連城……いつの間にかサイン会なんてやってたのね）この人たち、いつもピリピリしててあんまりほのぼのしたことないので、たまにはこんな顔もいいかも。

ケイは、肩の力抜いて書いていると性格がどんどん「天然ちゃん」になって行くのですが、これはどうしたことでしょう。本当にこれで藤崎と似てるんだろうか？？？　でもケイの人力車なら私は飛び乗ってしまうことでしょう（きっと重い……）。

ちなみにこの本は表題がファイアフライだけに、裏の主役は黒猫ほたるなのでした。

そういえば今回判明した榛原の誕生日。ハイばらだから「八月一日」ってわけではないのですが、獅子座《しし》のB型だったらしい。連城・榛原・ケイのトライアングルの行方《ゆくえ》は……の前に連城が脱落してしまいそう……。

このお話、毎回誰かが死にかけてて怖いですが、連城の場合は本当に怖いです。

次回「第七章」——開演までしばしのお待ちを。

二〇〇一年八月

桑　原　水　菜

＊劇中劇ワイルド作『サロメ』は、福田恆存氏の翻訳（新潮文庫）を参考とさせていただきました。

くわばら・みずな

9月23日千葉県生まれ。天秤座。O型。中央大学文学部史学科卒業。1989年下期コバルト読者大賞を受賞。コバルト文庫に「炎の蜃気楼」シリーズ、「風雲縛魔伝」シリーズ、「赤の神紋」シリーズが、単行本に「真皓き残響」シリーズ、『群青』『針金の翼』などがある。趣味は時代劇を見ることと、旅に出ること。日本のお寺と仏像が好きで、今一番やりたいことは四国88カ所踏破。

ファイアフライ
『赤の神紋』

COBALT-SERIES

2001年8月10日　第1刷発行

★定価はカバーに表示してあります

著者	桑原水菜
発行者	谷山尚義
発行所	株式会社 集英社

〒101−8050
東京都千代田区一ツ橋2−5−10
電話　東京 (3230) 6268（編集）
(3230) 6393（販売）
(3230) 6080（制作）

印刷所　図書印刷株式会社

ISBN4-08-614887-0　C0193